발칙하고도 외로운 상상

발칙하고도
외로운 상상

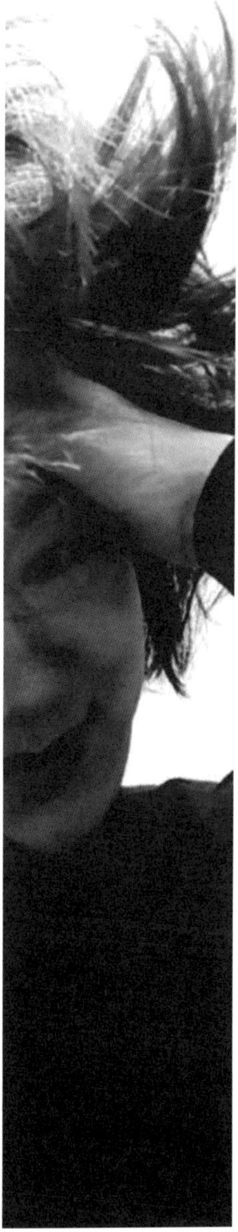

김경혜 수필집

도서출판 북인

작가의 말

이 매혹적이고도 쓸쓸한 길 위에

늘 목이 말랐다.

수필을 쓰며 알게 되었다.

내 안의 깊은 샘에서 스스로 길어올린 물을 마셔야 갈증이 가시게 된다는 것을.

그 샘을 채우는 것도 결국 내 몫인 것을.

수필을 쓰면서 알게 되었다.

과거의 내가 오늘의 나를 만나, 함께 미래로 걸어가고 있다는 것을.

어느 때는 글이 손을 내밀어 나를 일으켜주었다, 세상을 향해 걸어 나가라고.

가끔은 내 등을 쓰다듬어주었지만 무심히 지나치기도

했다.

내 안의 소리가 내게 먼저 다가오는 황홀한 순간을 만날 수 있기를.

목을 축일 만큼만이라도 생명수가 담겨지기를.

나는 오늘도 긴 두레박을 내리고 기다린다.

강의 첫날, 시름없이 앉아 있었다던 제자를 눈여겨보신 선생님. 당신의 삶을 멋지게 변주하고 계신 선생님 덕분에 지금까지 이 매혹적이고도 쓸쓸한 길 위에 머물러 있습니다. 감사드립니다. 첫 수필집 『발칙하고도 외로운 상상』이 나오기까지, 글을 계속 쓸 수 있도록 관계의 소중함과 순간의 행복을 일깨워주는 가족들, 곁에서 응원해주는 선후배 문우들께도 감사의 마음을 전합니다.

2024년 여름, 관악산에서

| 차례

제2장 문득, 순간, 한때

제3장 물들다, 기다리다, 만나다

제4장 평범한, 아찔한, 눈부신

제1장

영혼, 고요, 상상

길 위의 배

계기판에 '주유하십시오'가 뜬다. 이어 '전방 1.2㎞까지 18분간 정체가 예상됩니다'라는 내비게이션의 안내까지…. 주유소에 들렀다 가야 하나, 그랬다가는 밀리는 차들에 갇혀 점점 더 늦어질 텐데, 그냥 가면 우리 집에 갈 때까지 주유소가 없는데 집까지 갈 수 있을까.

교사 중에 코로나 확진자가 발생해 어린이집이 며칠 문을 닫게 되어 손자를 돌봐주러 가는 길. 실타래가 점점 엉키고 있는 듯하다. 입에 침이 마르고 뒷목이 뻐근해진다.

"미안한데, 내일은 조금만 더 일찍 와주셔요. 이준이 봐주고 출근 준비하고 나가려면 시간이 너무 촉박해서…." 아침도 못 먹고 출근할 딸이 안쓰러워 서둘러 나온 길. 사당역에 가까워지기 전부터 차가 꼼짝 못하고 길에 서 있다. 느긋하자, 조급해한다고 달라질 건 없다, 내게 주문을 건다.

심호흡을 하고 차창 밖을 바라본다. 무표정한 얼굴로 담뱃재를 털고 있는 옆 차 운전석의 남자가 눈에 들어온다. 무엇을 하러 어디로 가는 중인가. 몇 살이나 되었을까. 아침은 먹었으려나. 무슨 고민이 있을까. 언짢은 마음이 들 때면 오랜 친구들을 만나 술잔을 부딪히고, 맨정신엔 도무지 할 수 없는 얘기를 하고 낄낄거리다보면 기분이 풀어져 뭐 그렇게 또 하루를 마감하며 살아가려나. 그마저 없다면 저 무심함이 어디서 나왔으려고. 집으로 돌아가는 길에 부인에게 전화해 '뭐 사갈까'를 묻는 다정함도 있을지 몰라. 고만고만한 걱정과 이런저런 고민, 내가 저인 듯한 사람들과 어울리며 그럭저럭 살아가는 너와 나의 풍경….

그와 눈이 마주친다. 그는 나에 대해 무슨 생각을 할까. 아침부터 나이든 여자가 차를 몰고 나와서는 교통체증에 일조하고 있다고 못마땅해할까. 복잡한 출근 시간에 움직여야 할 만큼 무슨 급한 일이라도 있을 거라 여길까. 불안해하는 나를 보며, 지난 번 통화 때 자신의 얘기를 들은 어머니가 저런 표정이었을까 생각할까. 아니면 화장도 못하고 구겨진 티셔츠를 입었어도 우아하게 나이들어가는 분이군, 하고 생각할까. 어쩌면 오늘 처리할 일 생각을 했을지도 모를 그를, 나 혼자 실컷 넘겨짚고 있다.

차들이 움직이기 시작한다. 멈춰섰던 길에 내 조급함을

남겨두고 앞차를 따라 달려나간다. 그러나 이내 가다 서다를 반복한다. 우면산터널로 빠져나갔더라면 어땠을까, 내비가 그쪽으로 안내하지 않은 걸 보니 그쪽도 여기처럼 차들이 밀리고 있을 거라 믿고 싶다. 살다가 길이 안 보여 답답할 때 그 누구도 자신있게 이쪽으로 가라고, 이 방법이 맞다고 안내하는 내비게이션이 될 수 없으니 스스로에게 의지해 길을 찾을 수밖에. 한참을 헤매고 목적지에 도달해서야 자신이 지나온 길을 뒤돌아보고 왜 그렇게 먼 길을 돌아왔는지, 빤히 보이는 저 길이 왜 그때는 그렇게 안 보였는지 아쉬워하는 우리네 삶.

자신의 배를 몰고 각자의 인생이라는 바다를 항해하는 우리는 모두 선장이다. 풍랑을 만나 흔들리든, 목적지를 향해 순항하든 오롯이 내가 겪어내야 할 나만의 항로를 만들어간다. 나는 오늘, 나침반이 소용없는 이 잠깐 동안의 배의 항로가 당혹스럽다. 내가 어찌할 수 없는 상황, 시간도 나를 기다려주지 않는다. 어쩌면 인생의 길목마다 내가 만났던 혹은 만날 일들과 닮아 있다. 그때마다 나는 다가올 장면을 받아들이지도, 뿌리치지도 못하고 얼마나 주춤거렸는지. 길 위에 서 있는 배를 다독거리는 일은 또 얼마나 소슬한지….

'주유하십시오'. 내 마음의 계기판에도 계속 메시지가 뜨고 있다. 불안을 낮춰줄, 걱정을 잠재워줄 처방전이 필요하다. 몇 년 전부터 제주에서 한 달 살기를 해보겠노라고 주위에 떠들어놓고 아직 떠나지 못하고 있다. 내가 있는 이곳에서 나를 잡아당기는 것과 낯선 곳, 낯선 길에 대한 두려움이 나를 붙들고 있는 걸까. 떠나겠다고 하면 남편은 반대하지 않을 것이나 출근하는 사람을 두고 가는 것도 좀 미안하고, 워킹맘으로 육아까지 신경쓰느라 지쳐 있는 딸도 마음에 걸리고, 자신의 진로를 찾는 중인 아들도 신경이 쓰인다. 게다가 엄청난 길치인 내가 혼자서 길을 찾아다닐 수 있을까에 대한 두려움도 만만치 않다. '곰스크로 가는 기차'를 타는 일은 소설 속에서나 현실에서나 차표가 있다고 당장 할 수 있는 것은 아닌가 보다.

그런데 왜 기억할 수 없을 만큼 많이 갔던 제주를 떠올렸을까. 유행처럼 번졌던 '제주에서 한 달 살기'의 장면들을 SNS를 통해 보았기 때문일까. 정말 좋았던 아말피나 두브로브니크의 바닷가는 혼자 가기 두려우니 만만한 제주를 점찍었을 수도….

나는 상상하고 있었을지도 모르겠다. 바다가 바라다보이는, 정원이 잘 가꿔진 바닷가 돌담집에서 모닝커피를 마시며 혼자 하루를 시작하는 것을. 나 대신 훌쩍 떠나줄 바다 위의 배를 보며. 그동안 주부로서 당연히 해야 한다고 느꼈던 것들이 당연하지 않은 걸 수도 있겠다는 생각을 하며.

그렇다고 내가 살림의 고수 같은, 희생하는 주부 9단의 모습을 보여주거나 그런 것은 전혀 아니다. 내 삶에 조금의 힘듦도 불편함도 참아내지 못하는 내가 아니던가.

제주는 내 마음의 섬으로 잠시 밀어놓는다. 마음속에서는 언제라도 5월의 비자림숲으로 달려가고 델문도의 전망 좋은 자리에 앉아 아침바다를 볼 수 있으리니.

누구는, 할머니가 오면 제 엄마가 사라지는 것을 알아버린 손자가 들어서는 자신에게 "할머니 가!"라는 소리를 해 눈물이 찔끔 나왔다는데…. 나를 보고 이준이가 웃어주면 그나마 다행이다. 이제 좌회전만 하면 딸네 집이다.

신호가 바뀐다.

납작해진 영혼을 부풀리다

그녀의 하루는 침대를 더듬거려 나를 찾는 일로 시작되지. 나 없인 이제 일상생활이 어렵게 되었어.

'잠금 해제 패턴을 그리세요.'

나는 밤새 있었던 일을 빨리 보여주고 싶은데, 나를 만나기 전 꼭 거쳐야 할 관문이 바로 저거야. 평소 잠금 패턴을 사용하지 않는 그녀가 저 관문을 스스로 원했던 건 아니었어. S페이를 하기 위해 앱에서 시키는 대로 어쩔 수 없이 보안을 걸어둔 거지. 아침에 반은 감긴 눈으로 오늘의 날씨부터 살펴보는 내 주인인 그녀. 요즘 그 어느 때보다도 나를 엄청 의지해. 사람들과 얘기하면서도 댓글을 보내고 먹거리는 근 3년 가까이 앱으로 장을 보더니 급기야는 마켓○○가 자신을 먹여 살린다고 지인에게 얘기하더군. 물론 옷이나 책을 주문할 때도 음악을 들을 때도 나를 이용하지. 사진도 내가 훨씬 찍기 편하다며 DSLR을 들고 있으면서도 나를 애정하지 뭐야. 샤워를 하다가도 갑자기 떠오르는 문장을 '메모G'에 저장한다며 물을 뚝뚝 흘려 나까지 적셔놓을 때는 정말 어이없다니까. 그러고 보니 은행에 안 가는 건 언제부터였는지 기억도 못하겠어. 나 없으면 어쩌려고 그러는지….

'7분 후 충전이 완료됩니다.'

내가 늘 알려주는 내용이건만 오늘 처음 보는 듯 묘하게 낯설어하는 것 같더군. '당신은 이제 새로운 세계로 들어가게 될 것입니다'를 읽고 난 뒤의 표정 같다고나 할까. 여느 때와는 좀 달랐던 것 같아. '따닥', 평소와는 다른 의식의 층위가 클릭되고 전에 없던 생각 하나가 슬그머니 그녀의 속으로 들어간 듯 복잡한 표정으로 바뀌었어. 요즘은 생각이 많아져서인지, 나이 때문인지 꼭 해야 할 일도 놓치는 게 많아 걱정스러워. 나라도 우리 주인 곁에 더 바짝 붙어 살펴줘야 할까봐.

방전된 내 배터리에 전기에너지가 축적되듯 그녀 또한 날마다 '충전'되며 살아왔을 텐데, 무엇으로 '활력을 되찾고 실력을 길러'왔을까 궁금해지네. 웃음소리로 들어올려지거나 사랑스런 눈빛이 쓰다듬어주는 것으로 영혼이 가벼워지는 거였다면, 그녀의 영혼은 점점 무거워져 갈수록 납작해질 수밖에 없었을 거야. 그런데 언제부턴가 납작해진 영혼을 부풀려보려 하루하루 애쓰며 살기 시작했어. 불안이 범람해 떠내려갈 것 같을 땐 흔들리다가도, 멈추고 나면 책을 붙들었지. 허기진 배를 채우듯 책 속에 펼쳐진 작가의 잘 차려진 밥상을 받고 나면 조금씩 마음의 힘이 생겨나는 듯했어.

뒤늦게 상담심리학을 공부하게 된 것도 자신을 좀 더 알고 싶기 때문이었지. 공부를 하면서 자신의 생각과 행동, 타인과 관계 맺는 방식 등을 돌아보며 '그래서 그랬었구나, 부모님도 그럴 수밖에 없었겠구나' 이해하게 되었어. 결핍에 초점을 맞추고 살다보니 불행을 자초하기도 때로는 기여하기도 했다는 것 또한 알게 되었지. 그때부터 삶의 태도를 바꾸려고 노력했어. 주어진 것에 감사하며 살아가는 것으로 말야. 누군가 자기를 추켜세워도 믿으려하지 않았고, 늘 일정한 거리만큼만 다가가고 다가오게 했던 그녀가 관계의 그물망을 제법 멀리 놓을 수도 있게 되었지.

가만, 이제 그녀의 영혼을 부풀려주는 것들을 떠올려봐야겠군.

좋아하는 이들과 맛있는 식사를 하며 웃던 시간, 바라보기만 해도 입꼬리를 올려주는 아기 천사의 웃음소리, 완전 방전되는 듯하나 알고 보면 그녀를 조금은 행복하게 해주는 글쓰기, 가슴이 저릿저릿한 문장을 마주할 때의 황홀함, 굵은 비 내리는 날 창밖을 내다보며 멍때리던 시간에 듣던 빗

소리와 한 잔의 커피, 사울 레이터의 사진에서 맡았던 눈 내리던 풍경 속의 겨울 냄새, 마르타 아르헤리치의 격정적인 위로, 그리고….

아, 그런데, 그녀의 영혼을 부풀려주는 것들 속에 내가, 없네.

충전이 완료된다는 알림 문자를 받을 리 없는 주인은 지금도 자기 안의 우물에서 '자존'을 길어올리느라 애쓰고 있을 거야. 날 만나기 전보다는 두레박이 훨씬 금방 차오르긴 해도, 웬일인지 자꾸 그 '자존'이 증발해버리는 것처럼 느껴질 때도 있으니까. 어제와는 다른 그 무엇이 있을지도 모른다는 게으른 희망은 여전할지라도 예전처럼 그렇게 자신을 못미더워하지는 않아. 왜냐하면 자신이 그래도 괜찮은 사람이란 걸 이젠 알고 있거든.

어쩌면 그녀는 내일 아침에도 바로 찾겠다며 베개 옆에 나를 두겠지. 하지만 삶이 언제나 그렇듯 또 더듬거릴 거야 아마도. 다 나를 통해서만, 모두 내 안에서, 이루어질 테니까.

그때 돌아눕던 그녀가 싱긋 웃으며 말했어.

"착각하지 마. 내 손이 닿지 않으면 저 혼자 할 수 있는 것도 없으면서. 넌 모를걸? 가끔은 내가, 너 없이 사는 일상을 꿈꾸고 있다는 걸."

반은 맞고 반은 틀리다

하필 그날 천 원이 모자랐고, 원고 마감일이 코앞이었다.

34년 전 어느 봄날 저녁, 그녀는 H호텔 커피숍에서 나가지 못했다. 지갑에 오천 원이 없어서였다. 아니 천 원이 모자라서가 더 맞는 말이겠다. 그는 약속 시간이 거의 한 시간이 지난 뒤 나타났다. 기획실 직원이었던 그는 관련 부처 장관이 자신의 회사를 불시에 방문한다는 정보를 입수해 확인할 일이 많았다고 했다. 잡지사에 다니던 그녀는 마감을 앞두고 원고를 읽고 있어 시간이 그렇게 많이 지났는지 몰랐다고, 미안해하는 그에게 말했다. 반은 맞고 반은 틀리다.

사실 약속 시간이 10분쯤 지났을 무렵, 기분이 살짝 상한 그녀는 가야겠다고 생각했다. 부탁한 메뉴판을 기다리며 무심코 열어본 지갑엔 천 원짜리 4장이 들어 있었다. 잠시 후 메뉴를 본 그녀의 얼굴이 붉어졌다. 음료의 가격이 모두 오천 원을 넘었다. 지갑에 얼마가 있는지 확인하지 않고 덜컥 약속 장소에 온 자신을 탓하기에는 이미 늦었었다. 그가 안 올 리는 없을 거란 턱없는 믿음으로 주춤주춤 원고를 읽다 보니 한 시간이 흘러갔던 거였다.

29살이 되고 찬바람이 불기 시작할 무렵, 전에 없던 초조함이 슬며시 찾아왔다. 어머니가 종종 하시던 얘기도 그녀의 불안을 부추기는 데 한몫을 했을는지 모르겠다. "너, 명주 고르려다 삼베 고른다"는 그 말. 해가 바뀌어 꽃소식이 들려오고 봄바람에 마음이 흔들리던 날, 생각지도 못한 전화 한 통이 그녀의 삶을 바꾸어놓았다.

취재차 알게 됐던 D그룹의 기획실 차장이 1년 만에 전화를 걸어왔다. "우리 회사 기획실 과장인데…, 전도유망해" 하며 부하직원을 언급했다. "약간 교장 선생님 스타일이야"가 머릿속을 맴돌았지만, 잊지 않고 전화를 걸어온 어른의 호의를 차마 거절할 수 없었다. 천 원이 모자랐던 그날이 바로 소개받은 후 첫 번째 데이트 약속이 있던 날이었다.

첫눈에 반한 것은 아니었으나 그의 반짝이는 위트에 즐거웠고, 활짝 웃을 때의 선한 느낌이 좋았다. 게다가 성실하고 전도유망하다니 안심이었다. 퇴근 후 늘 그의 직장동료들이나 친구, 후배들과 여럿이 어울려 불빛 아래에서만 보다가 어느 일요일 낮에 단둘이 만났을 때였다. 길 건너편에서 그녀에게 손을 흔들며 웃고 있는, 작은 키에 검게 그을린 얼굴의 남자가 무척 낯설게 느껴졌다. 놀란 그녀가 혼자 중얼거렸다. “내가 만난 사람이 저 사람 맞아?”

맞선만 200번을 넘게 봤다던 그와, 독신주의자라며 버티던 그녀가 결혼했다. 4월 1일에 처음 만나 만우절의 정령에게 붙들리기라도 한 듯, 거짓말처럼.

둘은 달라도 참 많이 달랐다. 그녀는 치약을 아래부터 눌러쓰고, 그냥 불쑥 어디론가 떠나보자고 하고, 그는 치약의 가운데를 푹 눌러쓰고, 여행지 근처의 맛집까지 검색해보고 일정대로 다니기를 원했다. 가정에도 리더는 한 명이어야 한다며 대세에 지장이 없는 한 자신의 의견을 따라줄 것을 요구했다. 그녀는 개개인의 의견을 무시하는 것은 말도 안 되는 권위적인 행동이라며 순순히 동의하지 않았다. 어느 날 그가 말했다. 결혼은 했지만 공유할 것은 공유하되, 각자의 삶의 방식을 유지하면서 살면 좋겠다고. 주변에 결혼한 친구들을 보면 각자의 삶이 없어진 것 같고, 결혼 전과 많이 달라진 모습을 보여줬는데 자기는 그게 너무 싫다며….

그 말이 ‘난 결혼해도 달라진 거 없어’라는 걸 보여주고 싶은 허세였으리라는 것도, 시간이 지나면 자신의 말이 스스로도 책임질 수 없는 말이었음을 그가 저절로 깨닫게 되리라는 것도 그녀는 알 수 없었다. “그럴 거면 대체 결혼을 왜

한 거냐"고 서운함이 가득 담긴 눈빛으로 그에게 따져 물을 뿐이었다.

돌이켜보면 그가 제시한 삶의 방식은 더 많은 신뢰가 쌓인 후였더라면 지혜롭고 현명한 제안이었을지도 모르겠다. '따로 또 같이'의 삶을 살아가자고 한 것이 아닌가. 그저 나이만 들었을 뿐, 미숙했던 두 남녀는 맞닥뜨린 상황을 자기 식으로만 판단하고 해석하려 했다. 자신의 생각이 전적으로 맞다는 확신만 있을 뿐 아닐 수도 있다는 가능성은 닫아둔 채, 상대가 틀렸다고 고집했다. 우물 안 개구리들이었는데 혼자만 바깥세상을 다녀온 것처럼 주장할 때도 있었다. 어차피 튜브 안에는 한정된 양의 치약이 들어 있고, 어디를 눌러 짜든 작은 습관의 차이인 것을….

반은 맞고 반은 틀렸다. 다른 것은 다를 뿐인데, 다른 것을 틀렸다고 여겼다. 이 왜곡된 생각을 바로잡고 받아들이는 데 꽤 시간이 걸렸다.

오래 전에 읽은 글이 떠올랐다. 결혼한 지 50년 넘게 다정하게 지내고 있는 미국의 부부 200쌍에게 '좋은 관계를 유지하며 살아온 비결은 무엇인가'라는 질문에 서로에게 가장 많이 했던 말이 '예스 디어Yes dear였기 때문일 거'라 답했다는. '어, 알겠어', '그렇구나' 같은 말을 그녀가 듣고 싶었듯이 그도 그랬으리라. 이 쉬운 말들이 그렇게 하기 어려웠다니,

듣고 싶지 않은 말들은 서로 그렇게 쏟아내면서….

돌아누워 잠든 그의 등이 쓸쓸해 보인다. 오늘 따라 유난히 작아보이는 것도 같다. 사업 시작한 지 얼마 안 돼 불어닥친 외환위기로 수 차례 부도 위기를 넘기며 참아냈을 속울음이 얼마였을까. 바로 옆 공장에 불이 났을 때 유독성 물질이 들어 있는 드럼통이 여기저기서 펑펑 터지고, 불붙은 드럼통이 폭발하듯 그의 회사 마당으로 떨어졌다. 불길은 거셌고, 자신의 회사에 불이 옮겨붙는 것을 지켜볼 수밖에 없던 그는 자신도 모르게 다리가 풀려 그 자리에 주저앉아 눈물을 쏟아내야 했다. 어디 그뿐일까. 긴 시간 공들여 키워내 이젠 제 몫을 해낼 거라 기대했던 직원들이 어느 날 갑자기 그만두겠다고 했을 때 흘렸을 식은땀도 외로운 등엔 배어 있을 것이다. 스스로 결정하고 오롯이 책임져야 하는 자리가 주는 부담이 등을 더 움츠러들게 했으리라.

돼지털이라 놀림 받았던 굵고 숱 많은 그의 머리털이 성글어져 모자 없인 겨울 외출이 어려워졌다. 건조해진 몸이 가렵다며 손이 닿지 않는 등에 보디로션을 발라달라는 횟수가 부쩍 늘어났다. 그녀 또한 아침에 일어나면 손에 감각이 없다며 주물러달라고 그에게 손을 내민다. 자동차 키를 어디에 두었는지 몰라 며칠씩 찾다가, 찾는 일조차 잊어버렸다. 그와 그녀, 함께 늙어가고 있다.

그녀가 고른 것은 명주였을까, 삼베였을까.

에이, 명주든 삼베든 잘 입고 살았고, 지금껏 함께 있으면 됐지 뭘!

밴드 번호 28번

간호사가 이동침대를 밀고 나온다. 맞은편, 커튼이 열려 있는 공간으로 쑥 밀어넣는다. 하필 내가 앉아 있는 의자에서는 수면내시경검사가 방금 끝나 침대 위에서 잠들어 있는 사람들의 모습이 정면으로 보인다. 이른 시간임에도 권태로운 표정의 남자 직원은 큐빅을 맞추듯 침대들을 재배치하고 있다. 방금 들어온 것이 가장 안쪽으로 옮겨진다. 순간, 나도 잠시 후면 저렇게 되었다가 깨어나겠구나, 한순간에 '살덩어리'가 될 수 있는 존재였구나, 하는 생각이 든다.

아침 일찍 집을 나섰다. 마음이 편치 않은데 몸은 가볍다. 접수를 마치고 바로 검사가 시작되었다. 검사실마다 문 앞에 붙어 있는 센서에 손목밴드를 태그함으로써 왔음을 알리고 순서를 기다렸다. 20여 가지 검사가 절반쯤 진행되었을 때, 다음은 내시경검사실이라고 간호사가 안내해주었다.

맨 나중에 했으면 좋으련만 어쩔 수 없이 검사실 앞 의자에 앉아 대기 중이다. 침대가 나오고 있다. 침대 위의 몸은 가장자리에 바짝 붙어 웅크린 채 옆으로 누워 있다. 춥진 않을까, 시트도 덮지 못하고 병원복만 입고 누운 밴드번호 ×× 번은 분명 잠들어 있건만 온기가 느껴지지 않고 섬뜩함마저 든다.

벽에는 '수면 중에 상의 앞부분이 벌어지는 게 염려되는 분들은 집게를 이용해 여미고 사용한 집게는 꼭 반납해달라'는 안내문이 붙어 있다. 자발적이면서 일시적인 존재의 위상변화임을 알고 있으나 의식할 수 없는 순간이 15분 이상 지속될 수 있음에 불안감이 커간다. 위내시경은 물론, 대장내시경도 수면으로 하지 않는 지인에게 독한 사람이라 했던 말을 거둬야 하나, 아니 그래도 수면이 나을걸, 천천히 불리었으면…, 아니 어차피 할 거면 빨리하는 게 낫지, 생각이 갈팡질팡하고 있다.

불현듯 헤르타 뮐러의 소설『숨그네』속의 한 장면이 떠오른다. 2차 세계대전 중 우크라이나의 수용소에 수감된 주인공이 계속된 배고픔으로 자신의 뼈마저 무겁게 느껴져 점호 시간에 서 있기조차 힘들 때 세상에서 가장 슬프고도 기막힌 상상, 하늘의 옷걸이인 구름 자락을 찾아 자신의 뼈를 걸던….

나는 침대에 실려나온 익명의 몸들을 스캔한 뒤 그들의 불안을 적당한 곳에 걸어두고 영혼의 무게를 마음대로 달아본다. 저 영혼은 가벼우려나, 저 영혼은 제법 묵직하겠군. 말도 안 되는 혼자만의 셈법으로 불안을 덜어내던 순간, 얼굴을 내민 간호사가 "김경혜 님 들어오세요" 한다. "밴드 번호 몇 번이시죠?" "28번이요." "저기 안쪽 의자에 가서 앉아계세요."

'이제 곧 나도 살덩어리, 생각이나 의지가 일시 정지되고 자신의 몸조차 타인에 의해 관리되는 상태로서의 존재, 가 되어 누군가의 머릿속에서 허공에 널리기도, 영혼의 무게가 달려질지도 모를 일이었다.

최문자 시인이 수술받고 중환자실에서 회복 중일 때 옆 침대 여자가 마취에서 깨어나며 생뚱맞게 아카시아 꼬~옻이라 외쳤다는 글을 본 적이 있다. 나도 혹시 누군가 깨어날 때 말하는 소리를 들을까 싶어 귀를 기울였으나 아무 소리도 들리지 않았다. 홀로 남겨진 적막만이 복도를 맴돌 뿐.

살면서 환자용 이동침대 위의 손목밴드 28번처럼 의식 없는 자로 지내왔을 시간과 상황에 대해 생각해본다. 번호로 불리는 순간 존재는 번호 뒤로 사라지고 대상만 남게 되는 것은 아니었을까. 수감번호 4372, 수험번호 356번, 밴드번호 28번 등등. 번호 속엔 존재의 불안이 오롯이 스며 있다.

마침내 침대에 누웠다. 입에 재갈(?)이 물린 나는 "약 들어갑니다. 곧 잠드실 거예요"라는 간호사의 말이 채 끝나기도 전에 말 못하는 또 하나의 살덩어리가 되었다. 잠든 시간에 내 무의식은 존재의 심연을 떠돌며 내게 무슨 말을 건넸을까. '어떤 관계에서든 우선순위에서 밀린다고 너무 위축되지는 마, 넌 있는 그대로 괜찮은 사람이니까', 아니면 '받고 싶은 사랑을 기다리지만 말고 먼저 주는 사람이 되어 보렴'. 뭐 이런 말이었을까.

그 와중에도 잠깐의 자유시간을 갖게 된 내 안의 '익숙한 그 무엇'은 자기 자리로 다시 돌아가지 못할까봐 연신 내 주변을 맴돌고 있다.

집으로 가는 길. 횡단보도 앞에 섰다. 마음은 홀가분한데 왠지 한 구석이 빈 것처럼 허전하다. 그때였다. 건너편 신호등 앞에서 익숙한 그 무언가가 손짓한다. 잠시 자리를 비웠던 그가 나를 기다리고 있었다. 자신의 둥지를 몹시 그리워한 듯 간절한 표정으로.

내 불안이었다.

발칙하고도 외로운 상상

고개를 들어 산을 바라본다. 하늘은 파랗고, 초록은 무성하고, 무심한 흰 구름은 산 등에 기대어 있다. 내가 지금 보고 있는 것은 산일까, 외로움으로 덮인 내 마음일까. 나이가 들수록 교제권의 범위가 넓어야 노년을 외롭지 않게 지낼 수 있다고 하는데 이렇게 지내다가는 외로운 노인은 따놓은 당상이겠다. 관계의 네트워크가 점점 성글어진다. 이 사람은 이래서 피하고, 저 사람은 저래서 안 만나고 싶고 스스로 외로움을 부르고 있다.

발칙한 상상을 해본다.

마음을 꺼내 탈탈 털어 햇볕에 말리면 새털처럼 가벼워지겠지. 가벼워진 마음에 리셋할 수 있는 능력도 갖게 해보는 거야. 이곳저곳 날아다니며 다른 사람들은 어떻게 살고 있는지 실컷 구경도 하고. 혹시 사람들로 둘러싸여 즐거워하는 이들에게서 삶의 힌트를 얻을 수도 있지 않을까. 후회하고 애태우는 이들에게 가장 돌아가고픈 시간으로 다녀올 수 있도록 해주면 고마워들 하겠지. 어쩌다 다른 외로움을 불러내 얘기도 들어주고, 또 어떤 이의 어깨에 무겁게 내려앉은 한숨을 털어내주어도 좋겠군.

세상에! 사람들이 살아가는 모습은 달라도 어느 때 따스해지고 추워지는지 마음으로 느끼는 건 모두가 비슷비슷한 걸. 7살 딸의 생일날, 딸이 좋아하는 피자를 주문해주고 싶었으나 통장 잔고가 571원이었던 한 부모 아빠가 당장은 돈이 없지만 기초생활 수급비를 받는 날 돈을 드리겠다며 올린 배달 앱의 사연을 본 피자집 사장이 결제 완료로 처리하고 치즈볼까지 서비스로 포장해 배달했다는 사연이 한 부모 아빠를 통해 알려지자 누리꾼들은 그 피자집 사장에게 '돈쭐'을 내주겠다며 감당못할 만큼 많은 피자를 주문했다는 글을 읽고 먹먹했지. 외로움은 사람들 사이에 웅크리고 있다가 사이가 멀어지면 누군가에게 달라붙는 거였어.

가만, 나는 과거의 어느 때로 돌아가보고 싶을까. 만남이 서툰 때문인지 더 춥게 느껴졌던 눈 덮인 을지로길의 1월 어느 날로, 아니면 후배들 중 한 명으로 초대된 줄 알았으나 실은 자신의 어머니에게 선보이려고 많은 이들을 초대했었다는 것을 뒤늦게 알고 당황했던 그 시간으로, 그것도 아니면 어렴풋이 이별을 예감했던 어떤 날로….

아, 그 어느 때로도 돌아가고 싶지 않아. 미처 하지 못했거나, 원하던 결과를 얻지 못했던 일들이 미련으로 남아 있지만 그래도 상관없어. 지금 이대로가 좋아. 이 정도면 괜찮아. 방금 전에 깨달았어. 사랑할 때조차 외롭지 않았던 건 아니었고, 누군가를 진심으로 품어주었을 때 내 빈 마음이 채워지고 있었다는 걸….

다시 산을 바라본다. 파란 하늘은 비워내는 만큼 품이 넓어질 거라고, 잠시 후면 흘러갈 흰 구름도 지금 여기에서의 삶을 놓치지 말라고 외치는 듯하다.

아주 잠깐 고요함에 이르다

조용히 비가 내린다. 무덥던 여름날의 소란을 감싸기라도 하듯.

그 존재만으로도 가슴 벅차게 하는 손자가 태어난 지 이제 9개월. 영유아 정기검진을 받으러 병원에 갔다. 의사는 반드시 제 스스로 배밀이를 해야 한다며 배밀이를 건너뛴 손자에게 특별과제를 내주었다. 엎드려 있다가도 힘들어하는 소리를 내면 앉혀주고, 또 세워주어 이제는 무언가에 기대어 서서 놀고 있는데…. 그동안 자신의 요구에 즉각 반응하던 어른들이 자신을 못 본 척하고 있으니, 아이는 왜 이러지 하는 표정으로 나와 딸을 번갈아보고는 급기야 울음을 터뜨렸다.

배밀이를 해야만 배 근육이 생겨 혼자 일어나 앉을 수 있고 뇌의 발달에도 영향을 미치게 된다고 하니 미룰 수 없는 일이었다. 스스로 할 수 있는 일을 나서서 도와주는 것보다, 지켜보며 기다려주는 것이 얼마나 더 어려운 일인지 다시 한번 깨닫는 계기가 되었다.

아이를 키울 때 가장 중요한 것이 스스로 해보게 함으로써 결국엔 '홀로 서게 하는 것'일진대, 사랑이라는 이름으로 아이가 실패할 기회를 빼앗은 거였다. 도와주는 것이 앞으로 손자를 얼마나 힘들게 할지 생각하지 못했다. 혼자 앉지도 못하면서 서서 놀던 아이는 새삼스레 뒤집기를 하며 생략된 과정을 통과해야 했다.

며칠째 땀을 뻘뻘 흘리며 안간힘을 쓰더니 어느 날, 조금씩 배밀이를 시작했다. 지켜보던 딸과 나는 미안한 마음과 드디어 해냈다는 안도감에 눈시울이 뜨거워졌다. 그 후 아이가 보여주는 집중력과 의지는 놀라웠다. 머리가 금세 땀에 젖을 정도로 넘어졌다 다시 일어서기를 수없이 반복했다. 그러고는 마침내 일어서서 얼굴 가득 자랑스러운 미소를 띠며 내가 해냈지 않았느냐고, 다들 나 좀 보라고 말하는 듯했다.

이후 손자를 대하는 딸의 양육 태도가 눈에 띄게 달라졌다. 느려서, 놓쳐서, 알아채지 못해서 실패하더라도 기다려주기로…. 해줄 수 있지만 하지 않는 마음을 달래면서 참아내는 모습을 보였다. 딸과 나는 과한 사랑으로 인해 사라진 시간을 되살려내느라 유난히 긴 여름을 보냈던 것 같다. 다시는 지나고 싶지 않은 생략된 터널을 통과하던 시간이었다.

생략된 내 삶의 배밀이는 어떤 것이었을까. 갑작스런 물음 앞에서 한참을 머물다 과거 속으로 들어가 본다.

배가 부른 듯해도 속은 늘 허전했고, 마음을 휘감는 한기에는 속수무책이었다고나 할까. 사람은 누구나 다 실수하는 것이라며 다독여주는 손길을 그리워했던 것 같다. 설령 내 생각이 맞아도, 내가 제대로 행동하고 있는 것임에도 스스로 믿기 힘들었다. 정서적 허기. 그것은 때때로 내 삶을 붙들고 늘어졌다. 한참 동안 내가 뭔가 부족한 사람인 것 같은 불안감을 느끼며 살아야 했다.

그래서였을까. 대학 시절이나 직장생활을 하는 동안 다가오는 이성을 향해 마음을 잘 열지 못했다. 왜 결혼을 안 하느냐고 묻는 이들이 점점 늘어났고 급기야는 독신주의자라며 스스로를 방어하기도 했다. 그럼에도 주위 사람들의 성화로 여러 차례 소개팅을 하기도 했으나 두 번 이상 만난 적이 없었다. 생략된 내 삶의 배밀이는 아무래도 이성교제였던 것 같다. 사랑하는 이와 삶의 시간을 조율해보거나 화음을 맞춰본 적 없는 시간이 빠르게 흘러갔다.

서른 살의 봄날, 친구들이 다 결혼해 혼자 남게 되었을 즈음 취재차 만났던 D그룹의 기획실 차장이 오랜만에 연락을 해와 지금의 남편을 소개해주었다. 만난 지 53일 만에 결혼했다. 남녀에 대해, 서로에 대해 잘 알지 못한 채 시작한 결혼생활은 마치 턱없이 부족한 연습이었음에도 서둘러 무대에 올린 협연처럼 불협화음을 냈다. 남편과 나는 자신의 정서도 헤아릴 수 없던 터라 서로를 아프게 하고, 이해할 수 없어 받아들이지 못하는 상황을 두고 다툰 적도 많았다.

허나 세월이 약이 되었을까. 갈등이 있은 후에 사과하고 화해하며 조금씩 마음의 근육이 생긴 때문이었을까. 우리 부부는 서로를 비춰주는 거울이 되어 스스로의 모습을 보게 해주었다. 사랑에 목말라하며 주눅든 어린 나와, 인정받기 원하며 화를 누르고 있는 어릴 적 남편이 거울 속에 있었다. 자신의 감정을 알기 위해 노력하고 자신이 원하는 것에 초점을 맞추어 얘기하다보면 네 탓으로만 돌렸던 것이 내 탓일 수도 있다는 생각이 들었다. 내 정서적 배밀이가 시작되었던 것 같다. 어제보단 좀 더 나은 사람이 될 수 있으리라는 희망으로 나를 가다듬고, 늙어가는 그의 모습에 연민이 느껴지니 이제 더 이상 다툼도 어려울 듯싶다.

돌이켜보면 혼자 아파했던 순간들도 나를 여물게 하는 데 필요한 시간이었다는 생각이 든다. 그럼에도 나는 작은 흔들림에 쉬이 일렁이고, 아직도 마음의 고요함에 이르지 못하고 있다.

시 한 편을 읽었다. '체스와프 미워시'의 「사랑」. 시인은 이 시에서 인간은 새와 나무보다 더 중요하지도 덜 중요하지도 않다는 것을 이해할 때 평화가 찾아오고 "사랑은 당신이 '만물 가운데 하나일 뿐'이라는 것을 알려준다"고 했다. '만물 가운데 하나일 뿐'이라는 구절과 마주했을 때, 마치 무성영화 속의 교회 종소리가 내 마음속에서 크게 들려오는 듯해 절로 옷깃을 여미었다. 생략된 정서적 배밀이가 있었다 해도, 따듯한 보살핌을 받고 사랑으로 잘 키워졌다 해도 우리는 모두 '만물 가운데 하나일 뿐'이니 겸손하게 살아가야 한다고 시는 말해주는 듯했다.

순간, 나는 아주 잠깐 고요함에 이르렀다. 마음속 바다의 출렁임이 멈추고, 항구로 돌아오는 늙은 어부를 감싸던 석양빛에 내 얼굴이 곱게 물들었다.

지금 이대로의 나를 사랑하고, 있는 그대로의 모습으로 타인을 받아들이려 노력할 때 생략된 배밀이에도 불구하고 '만물 가운데 하나'로 살아갈 수 있고, 살아야 한다는 것을 어렴풋하게나마 알게 된 걸까.

비는 그치고, 가을이 창밖을 서성이고 있다.

물끄러미, 슬그머니

물끄러미 바라본다. 기념관에 모인 80여 명 주인공의 모습을….

남편의 모교인 K고교 방문 행사의 날. 흰 왕관을 쓰고 있는 저마다의 삶의 무게가 묵직해 보였다. 각자의 삶 속에서 최선을 다해 살아온 사람들. 어느 한순간도 누구와 같은 삶을 살아낸 적 없는, 오직 앞만 보고 달렸을 저들 중엔 53년 만에 만난 동창들도 있었다.

옛이야기가 이어졌다. 비 내리던 날, 작은 키에 창밖을 내다보지 못하고 만원 버스에 몸이 붕 떠 있는 상태로 서 있다 효자동에서 못 내리고 세검정까지 갔던 일, 중1 때 가방을 땅에 끌고 다닌다고 고등학교 선배들이 가방을 교실까지 들어다주던 일, 전차와 달리기 시합하던 일, 중학교 입학식 날 함박눈이 내렸던 것도 어제 일처럼 기억하고 있었다. 태어

나서 처음으로 시험을 봐서 합격한 학교였기에 잊지 못하는 걸 거라고, 자기도 입학식 날을 또렷이 기억하고 있다며 남편이 설명을 덧붙였다.

잠깐의 휴식시간, 남편은 테이블마다 다니며 친구들과 반갑게 인사했다. 해맑은 웃음을 보는 게 얼마 만인가. 출근 전, 퇴근 후의 시든 표정에 익숙했던 내 마음도 한껏 부풀었다.

안동에서 유학왔었다는 한 친구는 음악 시간에 있었던 일을 얘기해 모두를 웃게 했다. 안동에서는 음악 시간이 풀 베는 시간이었는데, 서울에 오니 선생님이 역시 밖으로 나오라고 했다. 설마 서울에서도 풀을 베려나 생각했었다고. 그러나 떠들거나 자리 이탈만 안 하면 된다고 하며 베토벤 음악을 들려주었다. 선생님의 주문도, 숲속 동산에 앉아 음악에 집중하고 있는 친구들의 모습도 '촌놈'에게는 충격이었다고.

친구에게 묻지 못한 것을 나중에 남편에게 물었다. 음악 시간에 '촌놈'의 충격 같은 게 있었냐고, 혹시 그 시간이 이후의 삶에 어떤 영향을 준 게 있었냐고. 남편은 음악 시간에 노래만 배우는 게 아니라 꾀꼬리동산의 벤치에 앉아 클래식을 듣는 게 처음엔 신선했는데 시간이 지나면서 자는 시간이 되었다며 웃었다.

남편은 아직도 중학교 1학년 1반 반창회 모임에 나간다.

같은 테이블에 앉아 식사하던 동창 중 한 명도 1학년 1반 반창회 모임의 회원이었다. 같은 K중, 고등학교를 나온 동창들이 고등학교 전체 동기들 가운데 반 정도 되었다고. 모임 첫날, 서로의 기억을 모아 1번부터 65번까지 당시 출석부의 번호를 다 맞췄다고 신이 나서 얘기했다. 놀랍고도 부러웠다. 마음속 깊이 간직하는 중학교 1학년 때의 추억이 없어서, 같은 반이었던 친구들의 번호는 물론 내 번호조차 기억하지 못했기에.

마무리 순서로 교가를 부르던 때였다. 팔을 위아래로 흔들며 교가를 부르는 노장들의 모습을 뒤에서 지켜보던 나는 코끝이 시큰해졌다. 다시 모였을 때 이들 중 누군가는 먼 곳으로 떠나고 없는 것은 아닐까 하는 생각이 들어…. 동영상으로 그들의 모습을 담았다. 교가를 부른 뒤 기념사진을 찍고 교정을 한 바퀴 둘러보는 것으로 모임이 마무리됐다.

교문을 향해 앞서가던 동창생 두 명의 얘기 소리가 들려왔다.

"딸을 데리고 온 거야?"

"아니야, 부인이야."

딸이냐고 질문했던 친구가 갑자기 뒤돌아보며 남편에게 소리쳤다.

"○○아, 잘해드려. 도망가지 않으시게."

남편이 웃으며 답했다.

"벌써 한번 나갔다 왔어."

노안이 빚어낸 해프닝. 유쾌한 웃음이 청운동 하늘에 크게 울려퍼졌다.

일흔이 넘은 남자들의 뒷모습을 보며 생각했다.

무엇 하나 같지 않은 인생의 질료들로 공들여 자신의 삶을 가꿔온 사람들. 저 나이쯤 되면 건강하게 아침을 맞고, 스스로 만족하는 하루하루를 살아가는 것이 누릴 수 있는 가장 큰 복이 아닐까 하고.

행사 후 저녁 약속까지 세 시간이 남아 있어 함께 갈 일행들과 서촌 방향으로 걸음을 옮겼다. 토요일 오후, 서촌의 카페는 젊은이들로 넘쳐났다. 몇 군데 카페에서 자리 없음을 확인한 뒤 예전에 갔던 곳이 생각나 그쪽으로 향했다. 올해 들어 가장 무더웠던 날, 한낮의 태양이 작열했다. 카페 직원은 우리 일행 여섯 명을 저녁엔 라이브 연주가 열리는 지하공간으로 안내했다. 아무도 없었다. '시끄럽고 복잡한 곳보다 조용하고 좋으실 거'라고 친절한 설명을 덧붙였다. 누가 봐도 격리된 듯했다. 그러나 이 넓은 공간에 저렇게 좋은 음악이 흐르고, 우리만 있는 게 얼마나 좋으냐며 친구들은 농담을 쏟아냈다. 순간, 점점 익숙해지는 감정 하나가 우리 곁을 지나갔다, 슬그머니.

바람에 들춰진 말

관악산이 임의롭다. 날마다 서재에 앉아 같은 곳을 바라보니 내 눈길이 느껴졌을까. 내가 바라보면 응답한다. 이젠 먼저 웃어줄 때도 있다. 하루라도 못 보면 애태우는 연인 사이 같다. 그에게로 가 봄볕에 젖은 마음을 말리고, 그가 보낸 바람으로 여름을 견뎌냈다. 가을빛에 온몸 곱게 물들인 모습에 황홀하던 나는 긴 겨울을 외로워 어찌 지낼까 조바심을 하며 발걸음을 자꾸 그에게로 옮긴다. 언제부터였을까. 자연의 시간표대로 살아가는 모습이 미덥고, 무심한 듯 건네는 위로가 살갑다.

지금쯤 사람들이 흘리고 간 말들이 낙엽 사이에 켜켜이 쌓여 있을 성싶다. 진중한 그는 한마디도 버리지 못하고 고스란히 담아두었을 것이니, 바람 부는 날 관악산에 가면 바람에 들춰진 말들이 걸음을 옮길 때마다 내 귀에 들려올 것만 같다.

"오늘은 또 왜?"

조심스레 말을 건네온다. 씁쓸해하는 내 표정을 읽었나 보다.

스튜디오에 가서 각자의 프로필 사진을 찍어주는 수업이 있었어. 빌린 스튜디오에는 멋진 조명과 찍은 사진을 바로 확인해볼 수 있는 근사한 모니터가 세팅돼 있었고 약간의 긴장이 흐르는 듯했어. 먼저 사진작가인 스튜디오 주인이 한 사람씩 사진을 찍어주며 시범을 보여주었지. 경험이 있던 사람은 요구사항을 얘기하며 자연스럽게 모델이 되고, 처음인 사람도 제법 여유있게 웃으며 제 몫을 해냈어. 드디어 내 차례가 되어 카메라 앞에 섰는데 자연스레 웃어지지가 않는 거야. 어색한 미소를 지켜보던 사진작가는 마음을 비우고 활짝 웃어보라고 자꾸 주문을 하는데 그럴수록 표정은 더 이상해지는 걸 느끼겠더라고.

모니터를 통해 찍힌 사진을 보니 역시 편안한 모습이 아니었어. 어설픈 미소와 미간에 주름이 있는, 슬픔을 머금은 표정이랄까. 낯설게 느껴지더군. 함께 사진을 배우는 동료들이 사진을 찍어주며 "좋아요" 하고 큰소리로 나를 응원했지만 그 소리들은 귓가를 스쳐지나가고, 어색한 채로 서둘러 순서를 끝내야 했지.

언제부터 내 표정이 그렇게 되었을까 생각하며 집으로 돌아오다 전철 안에서 갑자기 기억 속 저 멀리에 있었을 한 장면과 마주치게 되었어. 자신의 기대에 못미치는 아내에게 자주 화를 내던 아버지에게 큰소리 한번 내지 못하고 부엌에 쪼그리고 앉아 울고 있는 엄마의 뒷모습. 감춰진 울음이 스며 있는 듯한 엄마의 등을 바라보면서도 아무 말 못하고 저만치 서 있던 나. 갑자기 가슴 한편이 아려오면서 눈시울이 뜨거워졌어. 아, 이러면 안 되는데…, 비집고 나오려는 빛바랜 슬픔을 얼른 안으로 밀어넣고 고개를 쳐들었지.

'아는 게 없고 딸만 낳은 죄인'이라며 한없이 스스로를 낮췄던 엄마. 생각해보니 아버지와 웃으며 함께 찍은 두 분의 사진을 본 기억이 안 나. 쪼그리고 앉아 있을 때 다가가 안아주었던 적도 없었던 것 같아. 그땐 나도 아버지의 시선으로 엄마를 바라보았어. 지금도 그게 너무 미안해. 마음을 알아주지 못해 얼마나 힘들었냐고 한번만이라도 말해볼걸. 있는 그대로의 모습으로 엄마를 받아들였더라면 얼마나 좋았을까.

엄마는 평생 당신을 꾸미기 위해 돈을 쓰거나 뭐가 욕심난다는 얘기를 안 했어. 누군가와 큰소리내며 다투거나 하는 모습을 보여준 적도 없었지. 그저 가부장제 사회에서 순응하며 최선을 다해 살아냈을 뿐인데, 아버지로부터 '답답하다'는 소리를 들어야 했던 거였지. 자신의 삶이 버거워 자식들의 마음까지 살펴줄 여력이 없었을지도 몰라. 내 정서적 허기는 그렇게 시작되었을 테고 앞으로도 다 채워지지는 않을 거야, 아마.

우리 집은 늘 조용했어. 방마다 누군가 있었지만 아무도 없는 것 같았지. 공유되던 불안을, 슬픔을 힘들다고 서로 말로 나누지 못했던 것 같아. 강요된 적 없으나 침묵이 답이었던 곳. 소리가 들려올 때는 뭔가 문제가 생겼다는 신호였지. 그때의 신호가 엄마와 딸들에게는 긴장과 불안이 가까이 올 거라는 알림이었다면, 아버지에게는 억눌렸던 답답한 감정이 곧 폭발할 수도 있다는 자체 경고음이었을까. 아버지가 큰소리를 내면 여자들이 바삐 움직이고, 그 소리가 잦아들면 다시 온 집안이 고요 속으로 빠져들었어. 불안과 슬픔의 배턴 터치가 일상화된 시공간. 그 속에서 우리는 모두 자신의 삶을 끌어안은 채 숨죽이며 살아야 했던 거겠지.

"힘들었겠구나. 슬플 때도 많이 있었을 것 같아. 그런데 그거 알아? 슬픔이 네 안에 쌓이면, 시간은 쌓인 슬픔만큼 너를 자라나게 했을 거란 걸."

누군가는 어릴 적 부모님이 산처럼 높고 커보였고, 자신의 안식처가 되어주었을 거야. 그런가 하면 또 누군가는 그 안식처에서 마음에 생채기가 나고, 말에 베이기도 하며 살아야 했을 테고. 그럼에도 흐르는 시간 속에서 상처는 아물고, 헹궈낸 슬픔 또한 영근 씨앗이 되거나 빛바랜 슬픔으로 흔적이 남았겠지.

입 밖으로 꺼내 나누지 못한 마음이었기에 더 크게 느껴진 거였을 수도 있어. 표정이 조금 어색한 거, 잘 웃어지지 않는 거, 그게 뭐 어때서?

봄바람에 이끌려 그를 찾았을 때, 내 안에 들려오는 말이 있었다.

“네 손끝에, 눈빛에 묻어 있는 사랑은 네 마음 깊은 곳의 그 슬픔이 발효된 것일지도 몰라. 빛 좋은 어느 날, 카메라 앞에서 자연스럽게 웃을 날이 곧 올 거야. 기다려봐!”

어쩌면 생겨날 일들

문득, 그런 상상을 해본다.

파리에서, 베를린에서, 암스테르담에서, 세계 도처에서 비슷한 시간에 사람들이 이를 닦는 모습을….

그렇게 하자고 약속해도 안 될 일일 텐데, 같은 일이 매일 반복되고 있다.

지구인이 하나가 되는 그땐 성별과 나이, 국적과 인종이, 직업과 사회적 지위는 별 의미가 없다. 그저 이를 닦는 사람들만 거울 속에 있을 뿐. 눈을 반쯤 감은 채 욕실로 간 아침이나 피곤한 하루를 견뎌낸 저녁, 자신을 위무하며 익숙한 의식을 시작한다.

치과에서 배운 대로 윗니들은 위에서 아래로 쓸어내리고, 아랫니들은 아래에서 위로 훑어올리듯 닦아주고 나서야 덜 깬 잠에서 빠져나온다. 한 날을 마감한 시간, 자그락거렸던 낮의 고단함이 잠시 머릿속을 스쳐지나간다. 하지만 '벌레'를 머금은 치약과 함께 뱉어내고 나면 리셋이라도 된 듯 이내 혼곤한 잠 속으로 빠져들게 된다. 지구촌 곳곳의 누구라도 매일 같은 동작을 반복하게 하는 칫솔은 '이 닦는 자들'로 인류를 묶어주는 위대한 사물 중의 하나로 기억될 것이다.

십수 년 전, 미국의 MIT 공대에서 미국인 성인 1천 명과 10대 4백 명을 대상으로 생활 필수 5대 발명품과 관련해 설문조사를 한 적이 있었다. 결과가 흥미로웠다. 일상생활에 있어 최고의 발명품은 무엇이라 생각하느냐는 질문에 '칫솔'이라고 대답한 사람이 가장 많았다. 자동차와 컴퓨터, 핸드폰, 전자레인지가 그 뒤를 이었다.

그 기사를 읽고 언제부터 지구상에 칫솔이 등장했는지 궁금해 인터넷 검색을 해보았으나 확실한 건 알 수 없었다. 처음 사용한 나라가 15세기 때 이탈리아, 혹은 중국이었다고도 하고, 본격적으로 사용하기 시작한 것은 17세기 무렵 런던에서였다는 정보도 있었다. 그런데 언제, 어디서부터가 최초였을까 궁금하긴 하나 지금까지 우리 곁에 있다는 것이 더 중요한 게 아닐까 싶기도 하다.

다시, 상상해본다.

어느 날 갑자기 지구상에서 칫솔이 모두 사라져버린다면….

이를 닦는 것으로 하루를 시작했던 이들에겐 이를 닦지 못한 찝찝함은 물론이고, 새날이 열렸음을 상기시켜주는 익숙한 신호를 잃어버려 아침이 혼란스럽다. 하지만 사람들은 늘 그렇듯, 같은 상황을 마주했으나 각자 다양한 방식으로 대처할 것이다. 어떻게든 칫솔을 대신할 무언가를 만들어 내려는 이들이 있는가 하면, 그리 힘들어하거나 위기의식을 못 느낀 채 살아가는 사람들도 있을 것이다. 더 편안해진 삶이 되었다며 오히려 즐거워할지도 모를 일이다.

행여 자신의 입 냄새가 전해질까 관계는 점점 소원해지고 혀는 미각을 잃어가니 하루를 살아가는 데 필요한 영양을 공급해줄 기적의 캡슐이 곧 시판될 거라는 뉴스가 들려온다.

혼자 있는 시간이 길어지고 메타버스 공간에서의 활동이 더 활발해진다. 얼마 전엔 아바타 이 닦기 대회의 개최를 앞두고 이 닦기를 그리워했던 '메타사피엔스Meta Sapiens'의 신청 접수가 첫날부터 몰려 서버가 중단되기도 했다. 자신의 분신인 아바타의 행복을 위해서라면 불편한 것쯤은 아무렇지 않은 듯 참고 견뎌낸다. 메타사피엔스Meta Sapiens(메타버스가 생활의 일부가 된 메타버스세대가 빠른 속도로 늘어남에 따라 생겨난 신조어. 현실이 된 가상시대를 살아가는 새로운 인류를 뜻함)는 무엇을 위해 그토록 아바타를 섬기고 있는지 알지 못하나 이제 그 이유 따윈 더 이상 궁금해하지 않는다. 내가 아바타인지, 아바타가 나인지 구분할 수 없는 현실이 되었건만 그저 매일, 습관처럼 그렇게 할 뿐.

이 모두가 칫솔이 사라진 후 어쩌면 생겨날 일들이다. 아직 칫솔이 우리 곁에 있다니, 안심이다.

손자는 칫솔이 입에 들어오면 꼼짝 못하게 이로 물곤 한다. "엉아는 그렇게 물지 않아. 그렇게 하면 엉아 아닌데…, 엉아는 치카치카 소리를 내게 해줘. 이준이는 엉아지?" 내가 그렇게 말하면 엉아가 뭔지나 알고 그러는지 생후 23개월 된 아이는 잠깐 입을 벌린다. 그러면 다시 물기 전에 조금이라도 닦아보려고 '벌레'를 잡는다며 서둘러 칫솔을 위아래로 움직인다.

철이 든다는 건, 엄마의 잔소리 없이 기꺼이 칫솔을 집어 드는 것이 아닐까. 없던 이가 나고 칫솔을 사용하게 되면서 새로운 삶이 시작되듯, 있던 이가 사라지고 칫솔을 사용하지 않게 되면서 비로소 삶은 마무리되는 것이리라.

매일 입속의 '벌레' 잡기를 통해 충치를 예방하듯, 마음에 낀 때로 인해 삶의 방향을 잃고 헤매지 않도록 늘 마음을 닦아야 할 듯싶다. 세상의 때도 칫솔로 닦아내면 깨끗해질 수 있을까. 큰 칫솔을 쥐고 있는 이들이 애먼 데를 닦고 보이지 않는 곳은 닦지 않고 있으니 세상에 날로 치석이 쌓여간다.

잇몸의 염증도 심상치 않다. 환자의 고통을 외면한 채 자신의 치석제거에만 몰두하는 의사들이 늘어간다. 앓는 소리가 곳곳에서 들려오고 있다. 세상이 상쾌하지 않다.

하마터면

먼 곳에서 점 하나가 움직이기 시작했다.

어디로 가야 할지, 누구를 만나야 할지 알 수 없었으나 무작정 길을 나섰다. 밤이면 바위 밑에 몸을 누이고 동틀 녘에 일어나 걸었다. 스쳐지나가는 대상들은 모두 어디로 갈지, 누구를 만나 무슨 일을 할지 알고 있는 것 같았다. 그냥 살던 대로 살면 될 것을, 괜히 길을 나선 것은 아닐까. 시간이 지날수록 점은 불안해지고 주눅들었다. 그러나 내가 떠나온 곳에서 멀어지는 만큼, 나를 만나러올 어떤 점과는 가까워지고 있는 거라고. 만나서 합해지면 또 다른 내가 될 수도, 여행이 훨씬 즐거워질 수도 있을 거라 여기니 조금 마음이 놓이는 듯했다.

점은 점점 더 원하게 되었다. 시간이 흐르고 여행의 재미를 알아가며 다른 점들을 만나 그들의 말을 배우고 싶다고.

그들처럼 글을 짓고 싶다고. 사람들의 마음을 움직이는 일에 자신의 삶을 얹고 싶다고. 점은, 한번은 자신도 뭔가를 이뤄내고 싶은 충동을, 모처럼 느꼈다. 오래 전, 묵은 점이 말했었다. '비 오는 날엔 길을 떠나지 않는 것'이라고. 하지만 막상 떠나보니 몸이 젖는 것 말고는 아무렇지도 않은 것을, 그리 오랜 세월을 말 한마디에 갇혀 있었다니…. 자신의 어리석음에 눈물이 핑 돌았다.

얼마를 걸어온 걸까. 캄캄한 공간에 들어온 점은 아무것도 볼 수 없었다. 눈을 감고 어둠에 익숙해지기를 기다렸다. 잠시 후 벽에서 푸르게 빛나고 있는 작은 점 하나가 눈에 들어왔다. 반가워 다가갔다. 푸른 점이 말했다. "나는 움직이지 못해. 그러나 내 작은 빛으로 여기 드나드는 사람들이 스스로를 볼 수 있게 하는 일을 하지. 사람들은 내 빛으로 자신들이 볼 수 있다 생각하지만 내가 나를 볼 수 있게 해준 것이 자신들임은 잘 모르더라구. 사실은 그들 모두 스스로 빛나고 있었는데 말이야."

하마터면, 점은 끝까지 모를 뻔했다.

제2장

문득, 순간, 한때

달이 왜 좋아

나는 알지 못한다.

물은 어떻게 와서 어디로 흘러가는지, 나비는 하루에 몇 번 날갯짓을 하고, 귀뚜라미는 때맞춰 울기 위해 무슨 노력을 해야 하는지….

달이 아이에게 어떤 구애를 하길래, 달과 발의 발음 구분도 안 되는 아기가 달을 보러 나가자며 퇴근하는 제 아빠의 손을 붙잡는지 궁금하기만 하다. 이끌리는 무엇에든 사랑이 듬뿍 담겨 아이의 마음을 채워주리라 믿고 있을 뿐. 어쩌면 오늘도 손자는 달과 짜릿한 눈맞춤을 하고 돌아왔을 것이다. 그 신비한 끌림에 대해, 질문 자체가 무리일 거라 생각되었으나 '순수한 영성'이 있어 다 표현될 거, 라는 누군가의 말에 기대어 묻는다.

"이준이는 달이 좋아?"

"어."

"달이 왜 좋아?" 눈만 동그랗게 뜨고 나를 바라본다.

"달을 보면 엄마 생각나?" 옆에 있던 사위가 거든다.

"어."

"캄캄해지면 엄마가 오니까, 달도 캄캄해져야 볼 수 있으니까 좋은 거야?"

"어."

시간은 흐르고, 내가 짐작할 수 없는 그 너머에도 삶이 여물어가고 있음을 여태 나만 모르고 있었던 것 같다. 나의 어리석음은 세월이 흘러도 나를 떠날 줄 모르고, 나는 여전히 후회할 일들을 곁에 두고 있다. 세상의 누군가는 행복을 공유하기 위해 자신의 것을 기꺼이 나누고, 또 누군가는 눈앞의 이익만을 위해 허망한 선택을 하고 있을 것이었다.

그날 찾은 북촌의 어느 골목길 한옥 헌책방에서는 폐업을 아쉬워하며 한 작가가 처음이자 마지막 방문 인사, '있어야 할 곳에 있지 못하고 사라져가는 것의 아쉬움…'을 정성스레 적고 있다.

구석진 골목길에 있어 눈에 띄지 않으나 알고 있는 이들에게는 언제든 가고 싶은 곳으로, 어쩌다 마주한 이들에게는 뜻밖의 선물 같던 곳. 사라지는 것은 존재의 운명이라 치더라도, 떠나려는 방문객에게 따듯한 둥굴레차를 대접하며 아쉬워하는 책방 여주인에게 글로써 남겨놓은 작가의 진심이 잠시나마 그녀의 마음을 다독여주었을 것 같다.

서점의 작은 문으로 가을이 들어선다. 헐떡이며 달려온 지친 여름은 가을에게 배턴을 넘겨주었다. 자연의 시간표는 한 치의 어김이 없고, 타협하지 않으며 단호하다. 그러나 때때로 넉넉한 품으로 다가오는 이들을 품어주기도 한다.

그런 자연을 닮은, 함께 있어 좋은 사람들과 카페에 있을 때 불어오던 시원한 바람이 세 사람의 마음을 어디로 데려갔을지, 인연이 어떻게 이어져 삶을 단단하게 빚어놓을지 헤아릴 수 없으나 소망해본다. 서로에게 솔직하고 기쁨을 함께 나누는 건강한 관계로 이어지기를…. 음료를 주문하기 위해 20분 넘게 줄 서 있다 마침내 커피를 내미는 Y는 타자를 위한 배려가 몸에 배어 있다. 서점 주인의 마음을 다독여주었을 그녀가 문학의 길 위에서의 행보를 어디까지, 얼마나 멀리 이어갈지 기대된다.

열정적인 삶은 이런 것임을 몸소 보여주고 있는 K는 어느 자리에서나 함께 있는 이들의 지금, 여기에서의 삶을 환기시킨다. 입 밖으로 낸 말은 꼭 실천하고 자신의 것을 나누기를 주저하지 않는 그녀를 지켜보는 나는, 부끄러워 괜스레 그녀의 열정이 너무 과한 거 아니냐며 혼자 트집을 잡아본다. 하지만 돌아오는 것은 언제나 자괴감뿐이다.

하늘이 높아 보인다. 언제 올지 모를 낙엽의 첫 잎을 받아내기 위해 마당은 말끔히 제 얼굴을 씻는다. 그리곤 이내, 어서 오라며 두 팔을 높이 들고 서성일 것 같다. 마치 오래전 소식이 끊긴, 그리운 이를 기다리듯 들뜬 표정으로.

가을에 끌려 그 골목에 발을 들여놓던 날, 시종始終의 무상함이 골목 저만치에 쪼그리고 앉아 우리를 쳐다보았다.

누군가 내게도 똑같은 질문을 한다면 나는 어떻게 답할까.

"너는 달이 좋아?"

"응 좋아."

"달이 왜 좋아?"

"은은하게 빛나서 좋아."

"달을 보면 무슨 생각이 나?"

"무언가를 품는다는 것은 저런 것이구나 하는 생각…. 빛을 품고 있으나 자신을 드러내지 않으면서 상대에게만 빛을 비춰주는 일, 그건 마치 아무 말 없이 네 마음 다 안다는 듯 미소지으며 안아주는 일인 것 같아."

나는 여전히 알지 못한다. 어린 손자의 간절한 마음이 담겼을 달의 신비를….

혹여 낮달이라도 있을까 하늘만 올려다본다.

물 속의 돌

“산책갈까?” 하는 말에 반려견 산이가 겅중겅중 뛰며 좋아한다. 해가 뜬 지 한 시간쯤 지났을까. 오늘도 어제와 같은 코스를 걷는다. 주택가를 지날 때면 하루를 시작하는 소리가 들려온다. 달그락달그락, 밥상에 정성을 담아 누군가를 일으키고 다시 뛰게 하는 소리. 출근길의 차량 행렬이 이어지고 오늘도 무사하기를 바라는 가장들을 향한 염원도 함께 달린다. 분홍빛 배롱나무 꽃들은 흥에 겨운 듯 연신 벙긋거리고 있다.

들려오는 소리에 잠시 귀기울인다. 이름 모를 새들이 ‘오늘은 머리 벗겨질지도 모르니 조심하라’며 아침 인사를 나누고, 길 건너 작은 대숲엔 바람이 인다. 보행보조기에 의지하고 서서 누군가 지날 때면 고운 미소를 띠고 인사를 건네는 할머니가 한 아주머니에게 하는 얘기가 들려온다. “내가 지금은 이렇게 아픈 데가 많아도 옛날을 생각하면 고맙기만 하지." 여전히 웃고 계신다.

기온은 벌써 32도. 관악산으로 향하는 발걸음을 서두른다. 저만치 산 입구 계곡 물속에 앉아 있는 네 명의 청년들이 보인다. 그들의 웃음소리가 반갑고 싱그럽다. 이렇게 이른 시간에 만나기도 어려울 텐데 계곡에 몸을 담그기까지…. 웃음소리에 이끌려 평소답지 않게 다가가 말을 붙인다. "물이 시원해요?" "네 시원해요" 하며 서로를 마주 보고 웃는다. 덩달아 흐뭇한 마음이 되어 다시 걸음을 옮긴다. 바위로 이어지는 길을 산이가 가쁜 숨을 몰아쉬며 앞서간다.

새들의 인사를 들으며 늘 다니던 길을 돌아 내려오다 한 장면과 마주쳤다. 비틀어진 몸으로 한발 한발 느리게 걸음을 떼고, 한음 한음 어렵게 말을 이어가는 남자아이와 그의 곁에 바짝 붙어 걷고 있는 어머니.

이른 시간, 아이를 깨워 산책 가자 했으려나. 아이는 순순히 좋다며 따라나섰을까, 아니면 투정을 부려 집을 나서기 전부터 어머니의 힘을 뺐을까. 저 어려운 발걸음을 어디서부터 시작해 여기까지 온 걸까. 조금씩 산이와의 거리가 가까워진다. 아이가 혹시라도 무서워할까봐 산이를 들어 품에 안는다. 어머니가 아이에게 묻는다. "조금만 더 가볼까, 갈 수 있겠어?" 사랑과 배려가 전해지는 온화한 말투. 힘들어하는 내게 누군가 저렇게 물어오면 아이처럼 나도 고개를 끄덕일 것 같다. 저들이 마주하게 될 삶의 순간들이 너무 지치고 힘들지 않게 해주시기를…. 절로 고개가 숙여지고 두 손이 모아진다.

향교 앞 작은 다리 밑을 건널 때였다. 아침 햇살을 받아 유난히 반짝이는 물속의 돌이 눈에 띄었다. 황금빛으로 빛나는 그 돌을 한참 들여다보았다. 돌이 내게 말을 건네오는 듯하다. '세상에 혼자 빛날 수 있는 게 있느냐'고.

모를 리 없건만 아직도 힘이 넘치는 산이는 집으로 들어가는 입구를 지나쳐간다.

"설마, 한 바퀴 더 돌고 싶은 거니?"

나무의 마음

그녀가 외출했다. 내게 눈길 한번 주지 않은 채.

이제 나를 잊어버린 것 같다. 세상으로 나갈 때가 되었나. 온몸으로 나를 느끼며 그녀가 안절부절못할 때 나는 세상 부러울 게 없었다. 그런 시간이 다시 오기는 할까.

떠날 때만 해도 자신 있었다. 그러나 모든 게 낯설었다. 너무 성급한 결정이었을까. 좀 더 지켜볼 것을…. 어쩌자고 이렇게 쉽게 나와버렸을까. 갈 바를 몰라 엉거주춤하고 있을 때 물오른 배롱나무가 손짓했다. 나무 아래 쪼그리고 앉아 내 그림자를 바라보았다.

'내가 저렇게 초라하게 보이는구나.'

어디선가 영롱한 소리가 들려왔다. 활짝 핀 무궁화 꽃나무가 옆에서 말을 건넸다. 행복한 표정의 꽃나무들이라니. 평소엔 근처에 가지도 않던 것들이었다.

무궁화나무가 말했다.

해마다 꽃이 거저 필 때는 없었지만 올해는 유난히 힘들었던 것 같아. 비 오는 날이 많았을 때 꽃을 못 피우는 건 아닌가 해서 잎을 흔들어보기도 했지. 꽃을 피우고 나니, 할 일을 다 마친 것처럼 허전하기도 해. 그래도 다시 올 내 인생의 축제를 기다릴 거야.

귀 기울이던 배롱나무가 거든다.

올해는 특별히 내가 더 멋진 것 같아. 작년과 미세하게 다른 꽃분홍색의 차이를 사람들이 알아볼까. 내가 부르는 노래를 들을 수 있을까.

'나뭇잎이 흔들릴 땐 나무의 마음 안에 내가 머무는 거였구나. 내가 머무는 동안 어떤 느낌이었을지 한 번도 생각해본 적이 없었는데….'

아무렇지 않게 자기 얘기를 하는 나무들에게 점점 빠져들었다. 그러다 문득, 자신이 마음 안에 있을 때 그녀의 모습이 어땠는지를 떠올렸다. 뜻대로 되지 않을까봐 초조함에 잠 못 이루고, 입맛을 잃고, 충혈된 눈에 신경질적이던 그 표정과 말투.

'그래, 바로 그거야. 내가 바라던 익숙한 모습. 지금은 좀 달라져 있어도 언제 다시 예전의 모습으로 돌아올지 몰라. 나를 잊었다고 실망하기엔 아직 일러.'

하지만 자신이 떠난 것을 알지도 못하는데 돌아가고 싶지 않았다. 그녀의 욕망이 커질수록 자신의 존재가 더 크게 드러날 수 있음을 이젠 알게 되었다 해도. 멈추지 않고 계속 걸었다. 걷다보니 자신의 내면에 슬금슬금 뭔가가 스며드는 게 느껴졌다.

이러다 영영 잊히는 건 아닐까, 돌아갈 문이 닫혀버린 건 아닐까, 하는 그 막막하고도 기분 나쁜 어떤 것이….

이런, 갑자기 심장 박동이 빨라지고 호흡이 가빠진다. 그녀의 집에 부착된 디지털 도어록이 눈에 어른거린다. 심장이 터질 것 같다. 그때 그녀의 뒷모습이 저만치에 보인다. 나갈 때 보았던 흰 셔츠와 청바지에 흰 운동화를 신은….

냉큼 달려가 등에 찰싹 붙는다.

"으이구, 하루도 못 버틸 거면서. 가자."

빈정거림도 반갑다.

가출을 끝낸 '불안'은 그녀의 마음 안에서 곤히 잠들었다.

그녀는, 다시, 불면의 밤 한가운데에 누웠다.

한때 당신의 그림자를 사랑했습니다

제목을 보는 순간, 멈춰섰다. '한때 당신의 그림자를 사랑했습니다.'

한때 당신도 아니고 당신의 그림자를 사랑했다니…. 평소 사진을 찍을 때에도 대상의 그림자에 이끌리던 내게 그 제목은 더없이 매력적이었다. 그림에 그려넣었을지도 모를 '당신'에 대한 사랑의 단서를 찾아내기라도 하듯 그림 앞에 한참을 서 있었다.

화가 최욱경이 사랑한 '당신'은 누구, 혹은 무엇이었을까. 사랑했으나 내색도 못했던 짝사랑의 대상이었을까. 아니면 융C. G. Jung의 말대로 '자기 안에 있으나 내 것으로 받아들이기 힘든 특질과 감정'인 그림자마저도 사랑했던 그런 사랑이었을까. 사람이 아니었다면 무엇이었을까.

생각이 날개를 단다.

어떤 상황이 되었을 때 '한때 당신의 그림자를 사랑했습니다'라고 말할 수 있을까. 사랑했던 대상에 대해 내가 알았던 것들이 거짓임을 알게 되었을 때 실체가 아닌 그림자를 사랑한 거였다는 고백일까. 아니면 더이상 사랑하지 않거나 혹은 사랑할 수 없을 때 그 그림자라도 멀리서나마, 하며 할 수 있는 고백일까. 이루어지지 않은 사랑의 여운이 그녀를 에워쌌을 테고 골초였던 그녀는 불면의 밤을 보내며 담배 연기 속으로 자신의 고통을 뿜어낸 것은 아니었을는지.

평소 궁금함을 참지 못하는 성격 탓도 있겠으나 '당신'의 존재에 꽂혀 있던 나는 화가가 사랑한 그림자에까지 채 이르지 못하고 있다. 그림을 다시 바라보았다. 위쪽의 하트를 붉은 심장이 아닌, 빛바랜 노란 색으로 표현했다. 아무리 바라봐도 눈길조차 주지 않는 사랑을 빛바랜 노란 하트로 표현하고 그 타오르지 않는 사랑을 기다리다 멍든 가슴을 아래쪽의 푸른 하트로 그렸을까. 아니면 푸른 하트는 노란 하트의 그림자였을까. 그림 중간쯤의 제법 넓은 흰 색 부분은 두 마음이 연결되지 못하고 분리된 듯 보여 허탈감마저 들었다.

작품이 완성된 1965년은 그녀가 미국 유학을 떠난 지 2년째 되는 해였다. 한 인터뷰에서 최욱경은 언어와 문화가 낯선 미국 유학의 경험을 "뿌리가 흔들리는 충격"이라 표현한 적이 있다. 엄청난 정체성의 혼란을 겪고 있을 시기였으나 추상 속에 진솔한 자신의 내면 이야기를 담아내려 애썼다. 사랑하는 대상이 타인이든 조국, 예술 혹은 자신의 삶에 대한 어떤 것이든 사랑이나 열정이 식었음을 표현한 것이었을까.

한 장면이 그림 위로 겹쳐졌다. 한때나마 잠시 사랑이라 믿었던 이를 오랜만에 길에서 우연히 보았다. 햇볕이 쨍쨍 내리쬐던 날이었다. 시커먼 장우산을 들고 있던 그를 보는 순간, 화창한 날씨와 장우산의 조합처럼 그와의 인연이 저렇게 어울리지 않는 것이었구나 하는 생각이 스쳐지나갔다. 기억 속의 한 조각 애틋함마저 휘발되는 순간이었다. 화창한 날씨에 장우산을 들었던 것이 무슨 대단한 잘못이기라도 한 것처럼. 그땐 미처 생각하지 못했다. 그가 비 오던 곳에서 왔거나 비가 오는 곳으로 가려던 것이었을지도 모른다는 것을….

융의 해석대로라면 내 그림자 속엔 내 판단이 옳다고 믿는, 속단하고 정죄하는 교만함이 들어 있는 것 같다. 그렇지 않고서는 '화창한 날의 장우산의 조합'에 그렇게 예민할 리 없다. 또한 내 그림자로 인해 나는 평소에도 잘난 체하거나 짐작일 뿐인 것을 실제로 확신하며 말하는 이를 참기 어려워하는 건지도 모르겠다. 내가 그렇다는 것을 받아들이고 싶지 않기에….

그녀의 고백 또한 나처럼 혼자 떠나보낸 사람만이 할 수 있는 헛헛한 고백이었던 걸까. 전시회를 다녀온 이후에도 '당신'에 대한 생각이 머릿속을 떠나지 않았다. 화집을 펼치고 그녀가 쓴 글들을 읽어봐도, 평론가들의 글을 뒤져봐도 결국 그 '당신'에 대한 단서를 찾을 수 없었다. 그러나 무엇이든 사랑했던 대상을 향해 사랑이 멈추었음을 의미하는 그 문장엔 쓸쓸함과 함께 대상으로부터 벗어난 자유로움이 느껴졌다면 지나친 비약일까. 사랑이 시작되기 전의 설렘과 사랑이 끝나갈 무렵의 덧없음이 '한때 당신의 그림자를 사랑했습니다'라고 고백하게 했을까.

만질 수도 품을 수도 없는 그림자를 사랑했던 그 사랑 안에 가득 고여 있던 것은 아득한 고독이었을지도….

무기여 잘 있거라

"이따 극장에서 보자."

"… 그래, 좀 이따 갈게, 극장 앞에서 꼭 기다려."

자기도 모르게 기다려달란 말을 친구에게 불쑥 해버린 소년은 말을 끝내자마자 달리기 시작했다. 학교에서 가까운 청운동 외숙집을 향해 무작정 뛰고 또 뛰었다. 그분이 계시기를 간절히 바라며…. 가파른 언덕길을 단숨에 뛰어올라 숨이 턱에 찰 때쯤 집 근처에서 외숙모와 마주쳤다. 느닷없이 30원만 달라고 하는 조카에게 그분은 이유도 묻지 않고 돈을 내주셨다. 날아오르듯 극장으로 달려와 생애 첫 관람 영화였던 〈무기여 잘 있거라〉의 화면 속으로 빠져들었다. 50년도 훨씬 지난 영화의 장면들을 소년은 지금까지도 생생하게 기억하고 있다.

시골 초등학교 교감 선생님이셨던 아버지가 의료사고로

갑자기 돌아가신 뒤, 집안 경제는 급격하게 기울기 시작했다. 4남매를 이끌고 서울로 올라온 어머니는 생계를 위해 그동안 겪어보지 못했던 많은 일을 하셨다. 친척의 도움으로 당시 용산에 있던 C병원의 매점을 운영한 적도 있었다. 중학교 1학년 때 소년은 매점에서 어머니와 숙식하며 하교 후 물건을 팔고 병실에 라면도 배달하며 어머니를 도왔다.

가장 존경하는 분이 어머니인 소년은 꿈에서 어머니의 모습을 뵌 날은 눈가가 부은 채로 아침을 맞는다. 당신의 삶이 버거웠을 때조차 한부모 가정의 자녀들을 위해 장학금을 마련했던, 지문이 없어지도록 자식들을 위해 희생하셨던 분. 자식들이 자리를 잡고 제대로 된 효도를 그제야 할 수 있게 되었는데 감기 합병증으로 갑작스레 세상을 떠나신 어머니가 소년은 이루 말할 수 없을 만큼 그립다고.

남편이 들려준 이야기이다.

"매점에서 라면을 20원에 팔 때 극장비가 30원이었는데 엄마한텐 도저히 달라는 말이 안 나왔어. 그래서 극장에 가는 건 아예 생각조차 안 하고 있었는데, 친했던 친구가 그렇게 말하는 순간 너무 가고 싶은 거야. 마지막으로 외숙집에 기대본 거지."

남편의 눈시울이 붉어지고 눈물이 어렸다. 우리 부부는

잠시 아무 말도 하지 못했다. 어쩌면 내게 들려준 이야기는 그가 스스로에게 들려준 이야기일지도 모르겠다. 간절히 내미는 누군가의 손을 외면하지 않고 살아가는 자신을 격려하기라도 하듯.

「엄마가 휴가를 나온다면」의 정채봉 시인처럼 꿈에서라도 '엄마 품속에 들어가 엄마와 눈맞춤하고, 엄마! 하고 소리내어 불러보고, 숨겨놓은 세상사 중 억울했던 일 딱 한 가지만이라도 일러바치고 엉엉 울게 되었으면' 좋으련만….

어머니께 말하지 못할 때의 마음은 어땠는지, 달려갈 때는 어떤 마음이었는지 울컥한 마음을 누르느라 아무말도 못했던 나는, 뒤늦게 참 무디게도 묻는다. "〈무기여 잘 있거라〉 어떤 장면이 제일 기억에 남아요?" 멋없는 부부의 대화 속에 그래도 마주한 세월의 강이 흐른다. 연한 달빛에도 묻히지 않은 그의 팔자주름이 애달프다.

봄빛, 순간

"거북이 어디 있어?" 하는 제 엄마의 질문에 손자가 수족관 바닥을 가리켰다. 그동안 책이나 자석 모형으로만 거북이를 봐왔던 생후 17개월된 아이는 살아 움직이는 생명체가 신기한지 거북이에 초집중하고 있다. 가족 단톡방에 딸이 올린 동영상을 보고 아들이 댓글을 달았다.

"이준이는 뭘 해도 인생 첫 경험이네."

첨벙! 졸고 있던 내 안의 우물에 파문이 인 걸까, 청량한 에너지가 온몸에 퍼졌다. 세상 빛을 기다리던 우물 안 깊은 곳의 언어들을 길어올리고 싶어졌다. 서둘러 노트북을 열었다. 커서가 깜빡였다. 마치 텅 빈 기차역에 누군가 흘리고 간 희망의 단서 하나가 신호를 보내는 것처럼…. 어디로든 떠나보라 응원하고 있는 듯했다. 그러나 키보드 위의 손가락이 '그대로 얼음'이 된 듯 멈춰 있다.

첫걸음을 떼기 전, 손자도 그랬을까. 마음먹은 대로 움직여지지 않는 다리에 힘을 주어 첫발을 떼기까지 거저된 일은 하나도 없을 거였다.

사위가 코로나에 확진되면서 딸과 손자가 우리 집으로 왔다. 딸은 자가키트 결과 계속 음성이었으나 아이를 돌봐주는 이모님을 부르기가 조심스럽다고 해 재택근무 중이던 딸이 일하는 며칠 동안 손자를 돌봐주었다. 아파트단지 내 관문천을 함께 걸었다. 넘어질까 잡아주려는 내 손을 거듭 뿌리치며 아이는 봄 속으로 걸어들어갔다. 햇살은 어느새 아이를 마중나와 있었다. 무슨 생각을 하며 걷는 걸까. 보이는 모든 것이 새로운 아이를 뒤따르며 내 마음도 설렜다. 세상을 향해 반짝이는 아이의 눈빛을 보며 나도 저렇게 몰입할 수 있었으면 좋겠다고 생각했다.

작은 돌 하나를 개울에 던졌다. 물결이 이는 모습이 신기한지 아이는 한참을 바라보았다. 이준이도 해볼래? 하니 고개를 끄덕였다. 조그만 돌을 하나씩 쥐어주었으나 던지지 못하고 제자리에 떨어뜨렸다. 시범을 보이고 다시 던져보기를 수십 차례, 그제야 제자리보다 조금 멀리 던질 수 있게 되었다. 퍼져나가는 물결을 바라보는 아이를 보며 나는 잠시 생각에 잠겼다.

'아가야, 동심원이 점점 커지듯 앞으로 너의 세계를 조금씩 키워나가게 될 거야. 할미가 살아보니 인생은 시기마다 통과해야 할 관문이 있더구나. 그냥 흘러가는 시간인 것처럼 보여도 그 흐르는 시간 속에 미래를 위해 반드시 실려 보내야 할 소중한 것들이 있었음을 뒤늦게 알게 되었단다. 그러나 놓치고 지나가 내 인생의 강물이 비어 있다 해도 기꺼이 받아들이고 나를 위로하는 것까지가 내 몫이란 생각이 드는구나.'

내가 손자를 바라보듯 내 할머니도 양지바른 곳에서 놀고 있는 나를 바라보며 삶을 돌아보셨을까. 어쩌면 떨어진 꽃잎처럼, 단맛을 잃은 철지난 수박처럼 그렇게 비워지는 당신의 삶이 서러워 봄 햇살에 눈부신 듯 눈물을 흘리셨을지도….

머물러 시도했었기에 동심원을 바라볼 수 있었듯, 나의 글쓰기 또한 작은 돌을 하나씩 던지는 마음으로 자판을 두드리다보면 점점 커져가는 글의 파문을 보게 되지 않을까. 아이를 따라 봄 속으로 걸어들어간 그날 희망의 글, 씨 하나 가슴에 품었다.

기대어 졸다, 문득

1월의 아침, 햇살이 쏟아지는 창가에 선다. 영하의 날씨이건만 햇볕이 스며든 마음이 이내 보드라워진다. 그리움이 얹힌 걸까, 가슴이 일렁인다. 누구라도 옆에 있으면 안아줄 텐데. 내 마음을 알 리 없는 반려견 산이는 저만치 햇살 이불을 덮고 잠들어 있다. 겨울이면 집안 가장 따듯한 곳에 몸을 누이는 녀석이 오늘 찾은 곳은 소파 옆인가보다. 덜 깬 내 잠도 산이 등에 기대어 졸고 있다.

김연수 작가가 쓴 『시절일기』를 읽다가 "… 죽을 사람의 말은 그르지 않으니 눌러보세요"라는 문장을 만났다. '눌러보다'가 무슨 뜻일까. 검색해보니 '잘못을 탓하지 않고 너그럽게 보다'를 의미하는 말이었다. 마우스를 눌러보기만 하면 온통 파헤쳐지는 세상에 '눌러보다'에 이런 뜻도 있다니…. 신선했다. 평소 '눌러보지' 못하고 잘못을 지적하기 일쑤이기에 그 말이 더 마음에 와닿았는지도 모르겠다. 얼마 전의 기억 하나가 뒤따라왔다.

동호회 모임이 있던 날이었다. 자신의 주제를 발표하는 시간. 주제와 직접 관련이 없는 얘기들을 잘하는 분의 차례였다. 오늘도 또 그러면 어쩌나 하는 생각이 잠시 스쳐갔다. USB를 연결하는 짧은 시간 동안의 불안한 기다림에 왠지 기시감이 들면서 아주 오래된 장면이 불현듯 떠올랐다.

고등학교 2학년, 6월의 어느 운동장 조회 시간. 교장 선생님이 구령대에 등장하기 전, '이렇게 더운데 설마 오늘은 짧게 얘기하겠지.' 조마조마한 마음으로 기대했건만 교장 선생님은 그날도 족히 30분(?)이 넘는 훈화를 했었다. 아이들의 떠드는 소리가 점점 더 커지더니, "우우" 소리를 내며 야유하기에 이르렀다. 그럼에도 훈화도 야유도 계속되었다. 한참 뒤, 말을 멈춘 교장은 체육교사를 불렀고, 2학년 반 쪽을 가리키며 뭔가를 얘기했다. 일순간 정적이 흘렀다.

체육교사가 2학년 쪽으로 오고 우리 반 앞으로 달려오더니, 급기야는 나를 지목하며 교장 선생님께 가보라고 했다. 학교 다니면서 말썽부린 적도, 떠든다고 야단맞아본 기억도 없던 나는, 영문도 모른 채 불려나가 조회 시간 내내 전교생을 마주 보고 서 있었다. 크게 떠든 애들도 많았는데, 한 놈만 걸려라에 걸려들기라도 한 걸까. 이미 홍당무가 된 내 얼굴은 그날 따라 제 몫을 다하는 6월의 태양 아래 속수무책 익어갔다.

누군들 좋아할까마는, 나는 길게 말하는 사람을 유난히 싫어한다. 운동장 사건이 있은 후부터 그랬는지 그전부터 그랬는지는 알 수 없다. 길게 말하는 것을 듣고 있노라면 표정이 찡그려지고 얼굴 전체로 못마땅함을 드러내곤 한다.

발표자는 역시나 자신의 주제와 관련이 없는 얘기들을 길게 늘어놓았다. 나는 듣는 내내 답답했으나 다른 사람들은 발표자의 말에 집중하고 있는 듯 보였다. 유독 나만 '눌러보지' 못하는 것을 보면, 너그러운 마음이 현저히 적거나, 아니면 '운동장 사건'의 충격으로 인한 무의식적 자기방어기제의 작동일지 모른다는 생각이 들기도 했다.

수업이 끝난 후, 몇몇 사람들과 함께한 식사 자리에서 그 발표자가 화제에 올랐다. 타인의 마음을 불편하게 해 내 마음도 편치 않았던 터라 동석한 이들에게 물었다. 그분이 발표할 때 어떤 마음이 드냐고…. 내 생각과는 거리가 먼, 의외의 답들을 들려주었다.

'발표가 시작되고 얘기가 곁길로 빠진다 싶으면 멍때리기를 하거나, 핸드폰을 보거나, 딴 생각을 한다'는 것이었다. 어떤 분은 '아, 이쯤되면 질문을 해서 방향을 좀 바꿔줘야 하는데, 하며 주저하다 타이밍을 놓친다'고도 했고, 또 다른 이는 이젠 못 참겠다 할 때쯤 '김 선생님'이 끊어준다'라고 말했다. 그의 말을 듣고 나는 '아, 5초만 참으면 선생님이 저 대신 얘기했을 거였는데…'라며 씁쓸한 농담을 던졌다.

누군가는 나의 그런 행동에 카타르시스를 느낀다며 고마워하기도 했지만 편하지는 않다. 지적도 무심함도 아닌 그 사이 어디쯤에서 존재하기 위해 '눌러보고 또 눌러보리라.' 언제쯤 있던 자리로 되돌아갈지 알 수 없을지라도…. 시간을 정해놓고 발표 시간을 지키게 하면 이런 불편함이 사라지지 않을까.

13층 아파트에서 내려다본 바깥세상은 어느 것 하나 예외 없이 햇볕을 받고 있다. 어떤 편견도 없이 모든 피조물을 포용하는 햇볕의 공평함과 너그러움. 하루도 빠짐없이 나를 일깨워주는 아침 해가 고맙다.

산이가 일어나 몸을 턴다. 기대어 졸던, 덜 깬 내 잠이 1월의 햇살 속으로 흩뿌려진다.

산 그림자도 외로워서

핸드폰 문자를 계속 확인한다. 기다리는 문자가 있는 것도 아닌데 습관적으로 반복하고 있다. 문득 며칠 전 대공원에서 만난 노인의 웃픈 미소와 그가 했던 말이 떠오른다.

친구 두 명과 함께 대공원을 산책하기로 한 날. 미세먼지는 보통과 나쁨의 경계를 오갔다. 그래도 이왕 만났으니 걷자며 친구들과 대공원 둘레길로 접어들었다. 30분쯤 지났을까. 허리가 아프니 좀 쉬어가자는 한 친구의 말에 호숫가 근처의 벤치에 앉았다.

옆 테이블 벤치에는 80대 초반 정도로 보이는 노인 세 분이 스낵과자를 안주 삼아 막걸리를 마시고 있었다. 5월의 아침은 평온했고 숲속은 여유로웠다. 고요한 호숫가 분위기는 물살을 가르는 잉어를 바라보며 엄청 큰 것 같다는 우리의 말조차 소곤거리게 했다. 그때 한 톤 높은 음성으로 옆

테이블의 한 노인이 친구인 듯한 두 분에게 “야, 근데 니들 이메일 하냐?”고 묻는 소리가 들렸다. 한 분은 안 한다고 하고, 다른 한 분은 받기만 하고 보낼 줄은 모른다고 했다. ‘그럼 니들 내 말 잘 들어보라’며 얘기를 시작했고 우리 셋은 어느새 그 노인의 목소리에 점점 귀를 기울이게 되었다.

어느 날 메일함을 열어보니, 자신이 시리아에 투입된 미군이라며 군복 입은 백인 여성의 사진과 함께 이메일이 와 있었다. 현재 잠깐 휴가 중인데 누군가와 소통하고 싶어 편지를 쓰게 되었다고 했단다. 자신의 메일 주소를 어떻게 알고 보냈을까, 처음엔 이상한 생각이 들었다. 그러나 곧 미 여군이, 그것도 금발에 미모의 젊은 서양 여자가 휴가 중 외로운 마음이 오죽했으면 생면부지의 자신에게 사진도 보내고 편지를 썼을까 생각되어 정성스레 답장을 보냈다. 순간, 친구와 나는 마주친 눈빛으로 대화했다. ‘영어로 답장을 썼단 말씀이잖아’.

서로의 안부도 묻고 일상을 주고받으며 점점 친밀감이 쌓였고 아침마다 두근거리는 마음으로 메일을 열어보게 되었다. 언젠가부터 ‘마이 달링’이라 자신을 부르고 샤워 후에 찍은 거라면서 젖은 머리에 목욕 타월을 두른 사진부터 시작해 수위를 점차 높여가며 여러 사진을 보내와 마음이 묘했다고. 한번은 노인에게 ‘자기를 만나러 오라’고 하더라 하니 두 노인은 차비 보내줄 테니 '니가 한국으로 오라'고 해보라며 큰소리로 웃는다.

그러던 중 작전을 나갔다가 적군이 미처 챙겨가지 못한 군자금이 든 박스를 발견해 100만 달러의 포상금을 받게 되었다고 했다. 그런데 본국에는 연고자가 없어 한국으로 보냈다가 자신이 임무를 마치고 돌아가면 그때 돌려받아야 된다며 나중에 수고비를 줄 테니 송금에 소요되는 비용을 좀 빌려달라고 했다. 그때부터 이거 사기구나 하는 생각이 더 확실하게 들긴 했는데. "그 아이 러브 유의 달콤함 때문에 끊고 싶지가 않아. 어떻게 하는지 끝까지 가보려구. 이제 거의 다 왔어. 조금만 더하면 되는데, 돈 얘기에는 답을 안 해도 메일이 계속 오는 걸 보면 사기가 아닌 것 같은 생각이 들 때도 있고."

한방 날리고 멋지게 끝냈다는 얘기를 내심 기대했던 걸까. 우리는 서로를 바라볼 뿐 말하지 않았다. 거짓 사랑인 줄 알면서도 거기 머물고 싶다는 노인의 쓸쓸하고도 아슬아슬한 고백이 애달팠다. 장삿속인 줄 알면서 관심과 돌봄을 받는 느낌을 주는 홍보관을 방문해 용돈과 쌈짓돈을 다 털리고도 방문을 멈출 수 없는 것 또한 사랑과 소통의 대상이 그리워서인 것을.

삶을 지지하고 공감해주는 누군가가 내 곁에 있음은 내가 나로 온전하고 생생하게 살아갈 수 있는 힘을 주는 것이리라. 그렇기에 '산 그림자도 외로워서 하루에 한 번씩 마을로 내려온다'던 시인의 통찰은 언제나 감동이다. 나는 메마른 누군가의 삶에 생기를 불어넣어주는 사람인가. 일로서가 아니라 단지 안부를 묻기 위해 통화 버튼을 얼마나 누르고 있는가. 마음에 들지 않아도 기대에 미치지 못해도 그럴 수도 있지 하며 감싸안아주는 사람인가. 내 일상은 얼마나 의미 있는 일들로 채워지고 있는가. 잊고 지냈던 질문들이 계속 떠오른다.

노인의 모습이 오버랩되어 생각나던 그날 저녁, 시리아미 여군의 정체를 알게 되었다. 이성적인 만남이나 결혼을 조건으로 친분을 쌓은 뒤 온라인 상에서 갖가지 명목으로 돈을 요구한다는 신종 사기수법 로맨스 스캠Romance Scam. 정서가 건드려지기에 알고도 믿을 수 없어 더더욱 헤어나오기 힘들다는 그 수법에도 불구하고 노인의 메일이 삭제되었기를 기대해본다.

나는 여전히 핸드폰 문자를 또 확인하고 있다.

봄이 한 뼘 더

저만치에 봄소식이 들릴 때쯤, 친구 세 명을 집으로 초대했다. 스무 살 무렵에 만나 지금까지 40여 년 넘게 인연을 이어온 대학 방송국 동기들이다. 접촉사고를 당해 보름 남짓 입원했던 한 친구의 퇴원을 축하할 겸, 봄철 별미인 도다리쑥국을 함께 먹기 위해 만든 자리였다.

사고를 당한 M을 빼고 나머지 둘은 남·사·친이다. 매사에 야무지고 정도를 걷는 교사로 37년간 근무하며 성실하게 살아온 M. 긍정의 마인드로 회사를 일구어내고, 여·사·친의 김치도 담가줄 정도로 후덕하고 가정적인 Y. 늘 웃는 얼굴로 상대를 대하고, 화가인 아내가 자신을 위해 음식을 준비하는 시간조차 배려해 집에서 식사하는 것도 마다하는 C. 이들을 위해 도다리쑥국을 준비하는 것, 그것은 오래 전의 경험을 기억하며 다시 마음 따뜻해짐을 느끼고 내가 받았던 온기를 친구에게 나눠주려는 나만의 의식이었는지도 모르겠다.

십수 년 전 대상포진의 고통으로 출근을 못하고 점심도 거른 채 아파하고 있을 때였다. '딩동' 벨소리가 들리고 아래층 아주머니의 모습이 월패드 화면에 보였다. 문을 열고 보니 보글보글 끓는 된장찌개, 갓 지은 밥과 정갈한 반찬들이 담긴 나무 쟁반을 들고 서 계셨다. 전날 병원 다녀올 때 마주쳤던 내 모습을 기억하고는 당시 건강이 별로 좋지 않아 늘 기운 없어하던 아주머니가 준비한 것이었다. 아픈 누군가를 위해 정성스레 차린 밥상의 위로와 따듯함을 경험했던 잊지 못할 순간이었다.

손맛 좋은 아주머니의 그 음식들로 입맛을 되찾고 후유증 없이 회복했다. 그 후로 된장찌개는 내게 어디서나 먹을 수 있는 흔하고 별것 아닌 메뉴가 더 이상 아니었다. 위로와 온기를 전해주는, 말 그대로 소울푸드가 되었다.

디포리와 북어포, 무와 다시마, 파뿌리 등을 넣어 고아낸 육수에 도다리를 넣고 푹 끓여놓은 후, 쑥을 다듬어 씻어놓고 두릅은 데쳐 초고추장에 무쳐놓았다. 큰 활어 도다리의 절반은 횟감으로 썰어줄 것을 부탁했던 터라 생 연어와 함께 펼쳐놓고 적당히 잘 익은 파김치와 김부각을 곁들였다.

친구들이 도착했다. 예상치 못한 식탁이었는지 탄성이 터져나왔다. 음악이 흐르고, 쑥 향기에 취하고, 도다리쑥국의 달큰한 봄맛에 들떠 행복했던 옛 추억들을 공유하느라 시간 가는 줄 몰랐다. 이 분위기를 이어 한 달에 두어 번 만나 산책을 하고 맛있는 밥상을 함께 나누기로 하자며 모임을 결성하고 '산보회'라는 이름도 지었다. 이런 시간을 가능하게 했던 건 이웃 아주머니의 따듯한 마음 덕분이었음을 얘기하니 친구들은 감동하며 좋은 거 배웠노라 고마워했다.

내가 사는 이 공간이 편안하고 따뜻한 환대의 공간이 되었으면 좋겠다. 청계산을 마주하고 관악산에 기대어 있는 이곳에 살며 날마다 품이 넉넉해지기를, 쥐었던 손이 펴지기를, 온기를 전할 수 있게 되기를….

봄이 한 뼘 더 다가왔다.

제3장

물들다, 기다리다, 만나다

밤의 창문

당신의 하루는 어땠나요, 밤이 묻는다.

반가운 사람 만나 마음을 나누었어요.

당신의 하루는 어땠나요. 내가 묻는다.

당신을 하루 종일 기다렸어요.

건너편 아파트 동에 하나둘 불이 켜지고 밤의 창문이 그 모습을 드러낸다. 날마다 다른, 네모가 빚어내는 빛의 조합에 끌려 나는 오늘도 창 앞에 서 있다.

아파트 창마다 불이 밝혀질 시간. 비슷한 형태 속에 담겨 있으나 서로 다른 모습으로 살아가는 네모 속의 사람들. 창 안에는 사람들의 사연이 넘쳐난다. 창틀에 다리를 얹고 넘을 기회를 엿보고 있는 이야기들이 눈을 반짝이고 있는 것 같다. 현대인의 고독과 소외를 캔버스에 담았던 화가, 에드

워드 호퍼도 이야기의 주인공을 찾아 기차를 타고 그의 작품인 〈밤의 창문〉 앞을 스쳐지나갔던 걸까.

누가 사는지 알지 못하지만 '여기, 하루를 살아내고 잘 돌아왔어요', 불빛이 신호를 보내주는 듯하다. 불을 켜줘서, 무사히 거기 있어줘서 고마워요. 나도 인사를 보낸다. 나는 왜 건너편 아파트의 불 켜진 창들을 바라보고 있을까. 닫혀 있는 밤의 창을 바라보며 어쩌면 내 안의 닫힌 창을 열고 싶은 것은 아닐는지. 카메라에 포착하듯 내 상황을, 나의 내면을 알아채고 싶은지도 모르겠다.

무슨 생각을 그렇게 해? 마음속에만 묻어두지 말고 나한테 얘기해봐.

드러내지 못한 마음속 장면, 거기엔 늘 그렇듯 내 어리석음과 후회가 함께 있다.

나는 나이가 많은 부모님을 부끄럽게 여겼어. 두 분 관계의 삐걱거림에 마음도 울퉁불퉁해졌던 것 같아. 같은 버스를 탔던 퇴근길의 아버지를 모른 체하고, 시장 다녀오는 어머니가 멀리서 보이면 서둘러 길을 꺾었어. 달려가 어머니의 짐을 받아드렸더라면, 반갑게 팔짱을 끼고 아버지께 오늘도 수고 많으셨다고 말씀드렸더라면 얼마나 좋아하셨을까.

최선을 다해 살아온 분들이었는데…. 모른 체하는 나를 보셨다면 두 분의 마음이 어땠을까를 헤아리지 못했어. 오랜 시간 내 자신이 귀하고 괜찮은 사람이 아닌, 뭔가 부끄럽고 부족한 존재라는 생각에 갇힌 채 살아왔던 것 같아. 그런 연유에서였을까. 감추려는 의도는 없었으나 사람들에게 나를 열어보이는 일이 두렵고 어려워 가끔 오해를 받기도 했지.

내 안의 견고한 틀, 내 기준에 맞지 않는 것을 틀렸다고 생각하는 미성숙한 모습으로 살아왔어. 평가하고 비판하는 일은 빠르지만 '그럴 수도 있지'라며 느긋하게 대처하지 못해 상황이 끝난 뒤 내 모습을 떠올려보면 얼굴이 화끈거릴 때가 많아.

> 오늘밤, 하늘에 별이 하나 더 반짝이겠네. 별이 왜 그렇게 많은지 알아? 자기 모습을 깨달은 사람들의 얘기가 하늘로 올라가 별이 되었기 때문이야.

아주 작은 별 하나가 하늘에 걸렸다. 내가 나를 알아주었으므로 그것만으로도 족한 별이. 하늘에 오른 별은 너무 놀라고 반가웠다. 이미 자신이 아는 이들의 별이 자리를 잡고 앉아 저마다 누군가를 비춰주기 위해 저리 애쓰고 있었음을 보았기에. 아주 작은 별은 생각했다. 그 빛이 미미할지라도 누군가에게 용기를 주는 빛을 나도 낼 수 있었으면, 하고.

창을 연다. 바람이 얼굴을 스친다. 봄밤의 달큰함 때문일까. 첫 키스가 될 뻔했던 오래 전 그날의 추억이 바람에 실려온다. 나를 데려다주고 집 앞에서 인사하고 가려던 그가 다가왔다. 드라마 속 연인들의 모습과는 달리 둘의 몸짓은 어색했다. 얼굴을 마주하고 입술이 닿는 순간, 가로등이 켜 있던 모퉁이를 도는 그림자가 있었다. 그림자의 주인과 눈이 마주쳤다. 나는 흠칫 놀라 뒤로 물러섰다. 엄마의 단골 쌀집 아주머니였다. 나를 알아본 듯했다. 그러지 않고서야 걸음이 저렇게 빨라질 리가…. 살집이 있고 무릎이 안 좋아 평소 뒤뚱거리며 걷던 분이었다. 수줍었던 봄밤, 별들이 남편과 나를 내려다보며 미소짓고 있었다.

나는 밤을 사랑한다. 아니, 어쩌면 밤이 나를 더 사랑하는지도 모르겠다. 밤은 불안을 숙성시키는 걸까. 자꾸 나를 들여다보고 돌아보게 한다. 밤의 창가에선 분주했던 낮에는 듣지 못했던 내 안의 소리가 들려오는 듯하다. '나를 가두는 것은 아무것도 없다. 아니, 나는 외로움에 갇혀 있다. 형체도 없는 사슬에 익숙해지면 외로운 게 뭔지도 모르면서 살아가게 될지도 모른다. 아직까진 나, 참, 외롭다.'

창을 닫는다.

건너편 창에서 별 하나, 하늘에 오르고 있다.

빛을 기다리며

새벽에 잠이 깼다. 조심스레 침대를 빠져나온다. 따뜻한 물 한 컵을 들고 서재의 책상에 앉아 스탠드를 켠다. 불빛은 마치 어두운 무대에 홀로 있는 배우에게 비친 핀조명 같다. 오롯이 내게 집중되는 시간. 심호흡을 하고 물 한 모금을 마신다.

무대 저편에서 음성이 들리는 듯하다. '네 삶에 만족하냐고. 아직도 그렇게 쉬이 마음 상해 어떡하냐고. 어찌 살아야 하는지 이젠 좀 알 때가 되지 않았느냐고.' 궁색하고 초라한 내 답변에 아쉬움이 있지만 남루했던 어느 날의 기억이 그저 있을 수 있는 일로 조금 희석되기도 한다. 여전히 자라고 있는 내게 물을 주고 살폈으니 이제 조금씩 작업을 이어갈 수 있을 것 같다.

사진을 배우고 있다. 그냥 찍으면 되는 줄로만 알았던 사진이 삶 속으로 들어오니 내 생활이 조금씩 달라지기 시작했다. 함께 산책하던 반려견 산이가 친구들과 소통하는 것을 기다려주고, 언 땅에 돋아난 새싹의 경이로움에 가슴 설레며 마주할 다음 순간을 기다린다. 물이 끓기를, 생각이 비워지기를, 마음이 환해지기를, 건너편 하늘이 밝아지기를 기다린다. 삶이 기다림이듯 사진도 그러하다. 가슴 뛰는 빛을, 마음을 움직이는 대상을 마주할 그 순간을 기다린다.

그때부터였을까. 안다는 건 뭘까에 대해 생각하게 된 것은…. 그녀가 농담처럼 던진 한마디에 마음이 상하는 나에 대해, 어떤 대상에 대해 안다는 것은 무엇일까를 생각하게 되었다. 20년이면 짧은 시간이 아닌데, 그녀에 대해 나는 뭘 얼마나 알고 있으며 내가 알고 있는 것으로 과연 그녀를 잘 안다고 할 수 있을까. 나에 대해 아는 사람이라면 내 두려움을 농담의 대상으로 삼아서는 안 된다는 나의 생각은 맞는 걸까. 어떤 말을 들어도 '나는 그 정도의 말에는 아무렇지도 않아' 하며 평정심을 유지할 수는 없는 걸까. 답이 쉬 나올 리 없는 질문만 던져놓은 채 '안다는 것은 무엇일까'를 최근 내 사진의 주제로 삼게 되었다.

끈기라고는 없는 내가 8년 넘게 사진 주변을 맴도는 것이 그저 신기하다. 카메라로 피사체를 들여다볼 때면 모든 감각이 그 대상에만 머문다. 마음이 이끄는 대로 이끌리다 덜어낼 것을 덜어내고 나면 가끔은 비었으나 충만함이 느껴질 때도 있다. 렌즈 속에서 빛과 접촉한 대상은 나를 통과하며 재해석된다. 매번 그런 것은 아니지만 감추고 때론 드러내는 사진의 본질이 나와 교감하며 반응하는 짜릿한 순간을 경험할 때도 있다. 이런 매력에 이끌리는 걸까. 자신의 감정을 표현하는 데 서툴러 왜곡되게 드러내고 안으로만 쌓아두는 데 익숙했던 내게 사진은 어렵지만 기꺼운 도전이 되고 있다. 초라하고 부끄러운, 때로는 피하고 싶은 모습의 나를 만날 수도 있으니 달콤한 로맨스일 리만은 없건만 그래도 놓지 않고 지금까지 붙들고 있다.

사진 작업은 자신의 내면과 끊임없이 대면케 한다. 피사체를 카메라 렌즈로 재현하는 것이 아닌, 자신의 마음의 눈으로 표현해내야 하기 때문이다. 자신의 생각과 느낌을 진정성 있게 대상에 담아야 하는 만큼 끊임없이 자신을 성찰하지 않고서는 진실에 다가가기 어렵다. 사진 리뷰 시간에 "이 사진 왜 찍으셨어요?"라는 지도교수의 질문에 한참을 망설이다 "그냥요"로 답하던 내가, 더듬거리며 내 느낌과 생각을 설명할 수 있게 되었으니 자아 성찰의 기본이라 할 수 있는 정서 돌보기에 이보다 더 좋은 교재가 있을까.

'사진은 찍는 것이 아니라 내 생각과 감정을 표현하기 위해 대상을 선택하는 것'이라는 걸 알고 난 뒤 내 삶을 돌아보니 많은 것들이 뒤죽박죽이다. 소중한 걸 놓치고 지나친 적도 많았고, 전경이 배경이 되었던 순간들도 허다하다. 누군가의 말에 넘어지고 마음의 무릎이 깨져 아파하며 상대를 탓했던 순간들도 많았으나 그것은 어쩌면 담아내고 견뎌내지 못할 만큼 내 안의 그릇이 작아서였기 때문이었으리라.

심한 길치인 내가 집들이한다고 '그녀'와 함께 두 명의 지인을 초대했던 날이다. 식사를 하고 집으로 돌아오는 길에 내비게이션이 알려주던 길로 바로 접어들지 못하고 잠깐 돌아갔을 때, '그녀'가 "김경혜는 집 밖 5㎞ 이상 나오면 안 되겠다"라며 일행들과 한바탕 웃었다. 그 순간 내가 어릴 때부터 가장 힘들어했던 길을 찾지 못하는 것에 대한 두려움, 나의 치명적인 아킬레스건이 건드려졌기에 상처를 받았다. 허나 지금 돌이켜보니 "그러게 말야" 하며 같이 웃어넘길 수도 있었을 텐데 하는 생각이 든다.

빛을 받은 대상이 자신을 드러내듯, 내게도 빛이 비춰지니 뾰족뾰족한 내 모습이 고스란히 드러난다. 부드럽게 흘러내릴 수도 있었을 텐데 저렇게 말들이 걸렸었구나. 나를 알아가며 내가 여물어가니 있는 그대로 대상이 보이기 시작한다.

흔히들 '사진은 빛으로 그리는 그림'이라 말한다. 원하는 빛이 주어지기를 기다리고 그 빛에 기대어 대상을 알아가는 동안, 나여서 할 수 있었다고 생각했던 많은 일들이 혼자서는 아무것도 할 수 없던 것이었음을 비로소 깨닫게 된다. 나는 그제서야 허락된 빛에 감사드린다. 조금의 고통도 참지 못하고 요동치는 내게 대상을 품은 자연은 묵묵히 자신의 자리를 지켜내는 숭고한 모습을 통해 겸허함을 일깨워주고, 마음을 다스리는 지혜를 건네기도 한다. 빛으로 대상이 새로워지듯, 그 빛을 기다리며 인내와 겸손으로 다듬어질 내 삶이, 나그네는 물론 나그네의 나귀에게까지 마음 쓰는 삶으로 변화되기까지 나는 얼마나 더 기다려야 할까.

요즘 내 사진의 소재로 선택되어 집중 관심 대상이 된 감자를 한참 동안 유심히 바라본다. 싹이 나고 감자로 알이 맺히기까지 타는 목마름을, 비바람과 땡볕을 견뎌내고 오지 않는 손길을 기다리다 때론 꺾이기도 썩기도 하면서 여기까지 긴 여정을 통과해왔구나. 감자의 눈에 눈길이 머문다. 독소와 희망이 공존하는 혼돈의 소우주. 무심히 보았던 감자가 사진으로 담겨지니 감자 속에 내가 그득하다. 감자 바구니에 빛이 내린다. 다시 카메라를 든다.

홍시 냄새

홍시가 익었다. 조심스레 씻어 4등분을 내고 한쪽을 입에 넣는다. 부드러운 단맛이 입 안 가득 배어든다. 잊고 있던 냄새가 코끝에 다가온다.

약주를 드신 아버지에게서는 홍시 냄새가 났다. 어릴 적 나는 그 냄새가 좋아 아버지 얼굴에 코를 대고 킁킁거렸다. 평소 말씀이 없던 당신은 싫지 않으셨던지 웃기만 할 뿐 나를 밀어내지는 않으셨다. 홍시가 익을 때면 내 기억들은 기다렸다는 듯 초등학교 시절 마냥 뛰놀던 을지로 한옥집으로 달려간다.

아버지는 늘 높은 베개를 베고 신문을 덮고 주무셨다. 내가 베고 누우면 목이 거의 직각으로 접힐 정도였으나 난 그래도 아버지 냄새나는 그 베개가 좋았다. 어느 날 저녁 무렵, 베개를 베고 돋보기안경을 쓰고 신문을 덮고 누워 자는 척하며 아버지를 기다리다 정말 잠이 들었다. 얼마나 지났을까. 얼굴에 느껴지는 찬 기운에 놀라 눈을 떠보니 아버지가 웃으며 서 계셨다. 이제 와 생각해보면 찬 손을 얼굴에 대고 미소를 짓는 것이 감정을 거의 표현하지 않았던 당신을 흉내내는 딸에게 할 수 있는 꽤나 큰 사랑의 표현이었으리라.

아버지와의 유일한 외출은 운동 경기를 보러 가는 것이었다. 그날도 야구를 보기 위해 동대문운동장으로 향했다. 날은 더웠고 외야 쪽 스탠드에는 드문드문 사람이 앉아 있었다. 야구 경기는 아무래도 좋았다. 어차피 나는 아이스케이크를 먹으러 가는 거였으니까. 아버지가 응원하는 팀이 이기는 날엔 원하는 한두 가지를 더 먹을 수도 있었으니 그야말로 기분 좋은 날이었다.

경기가 끝난 후 아버지는 어디를 가자고 했다. 도착한 곳은 다방이었다. 고운 한복에 예쁘게 화장을 하고 고상한 미소를 띤 마담은 아버지와는 친숙한 듯, 내 손을 잡으며 반갑게 우리를 맞이했다. 마담을 향한 아버지의 미소는 부드러워 보였다. 화장을 한 적 없는 어머니에게는 보여주지 않았던, 처음 보는 미소였다. 아버지가 갑자기 생소했다. 공기도 희롱했을까. 마음을 간질이는 알 수 없는 기운이 감돌았고, 아이스케이크 맛도 잊은 채 나는 두 사람에게 자꾸 눈길을 주었다.

그런 나를 바라보며 수줍은 미소를 띤 당신의 눈빛을 '엄마한테는 비밀이야'로 나는 읽었던 걸까. 어머니 생전에 어머니는 물론, 가족 누구에게도 말하지 않았다. 오랜 뒤에, 그날 아버지의 미소는 외로운 세월 속에 당신만 보았을 잠깐의 '푸른 하늘'이었을까 하는 생각이 들기도 했다.

꽤나 미남이셨던 아버지는 여름에 집에 계실 때면 빳빳하게 풀을 먹여 다린 인견 옷으로 치장하고, 머리카락 한 올 내려오지 않도록 포마드로 깔끔하게 머리를 손질했다. 외양이 말해주듯 계획한 대로 일처리 하기를 원했고, 규모 없이 사는 삶을 못 견뎌하셨다. 당신의 말씀이 곧 법이었으니 의견을 묻거나 대화를 시도하는 일은 없었다.

영문학자가 되는 것이 꿈이었던 내게, 아버지는 의대나 약대를 가라며 이과를 선택하도록 했다. 딸들에게 '자린고비'로 불렸던 아버지였으나 학교 선생님들께 세 과목이나 비밀과외를 시켜주기까지 했으니 엄청난 파격이었다. 그러나 수학을 30점 맞고 이과에서 유일하게 국사를 100점 맞는, 선생님들 사이에서 '위험한' 이과생이었던 나는 아버지의 큰 기대에 부응하지 못했다. 말로 표현하지 않으셨으나 그 실망과 좌절은 실로 크셨을 것이다.

그로부터 십수 년 후 뇌졸중으로 쓰러진 아버지는 그때

까지도 당신이 하던 일을 놓지 못하고 회복되면 다시 경영하리라 생각하셨던 것 같다. 어느 날, 당시 잡지사에 다니던 나를 불러 월급이 얼마냐고 물으시더니, 그거보다 많이 줄 테니 당신의 일을 맡아 해보라고 하셨다. 처음으로 아버지와 독대한 자리였다. 탄광에 필요한 철강 관련 제품들을 납품하던 당신의 사업장을 몇 번 방문해 비릿한 쇠 냄새를 기억하던 나는 조금의 망설임도 없이 싫다고 했다.

쓰러져 못 일어나는 이가 내민 손을 일거에 뿌리친 것과 다름없었다. 자존심 강했던 아버지가 몇 번을 망설이고, 몇 날을 고민하다 어렵게 꺼냈을 얘기라는 것을 그때는 알지 못했다.

항변이었을까. 한때는 나의 거절이 어릴 적 내게 한 엄마의 가장 큰 칭찬이었던 '저게 하나 달고 나왔더라면…'이란 말에 대한 항변이라 생각한 적도 있었다. 참으로 부적절하고 나를 억울하게 했던 바로 그 말.

다섯 딸의 귀가를 챙기고, 옷이며 머리 모양까지, 심지어는 방안에 액자를 거는 위치까지도 정해주었던 아버지가 나는 때때로 숨막혔다. 될 수 있으면 마주치지 않으려 했다. 혹시라도 아버지가 부르면 딸들은 서로 미루며 가려고 하지 않았다. 하지만 이제는 알 것 같다. 딸들이 원치 않는 방식이었을 뿐, 당신의 예민한 돌봄도 분명 사랑이었음을…. 부르면 서로 미루고 가지 않으려 했을 때 보였던 당신의 분노는 외로움이었고 좌절의 또 다른 이름이었으리라.

아내와 딸들이 모여 웃을 때 홀로 남겨졌던 당신은 무슨 생각을 하셨을까. 늘 불을 켜고 주무시던 아버지의 찡그린 얼굴만 보느라 그 안에 스며 있던 불안을 조금도 헤아리지 못했으니 그 서러움을 가슴에 품고 어찌 살아내셨을까.

딸만 낳은 죄인이라 조상을 뵐 면목이 없다며 곁에 묻히기를 거부한 어머니 자리를 비어둔 채, 지금도 홀로 경춘공원묘원에 누워 있는 당신은 어느 별의 위로를 받으며 자식들을 기다리고 계실는지….

춘천에 다녀와야겠다. 좋아하시던 모나카와 믹스커피 가지고. 언덕 위의 바람이라도 늘 아버지 곁을 맴돌았으면….

언어의 표정

젊은이들이 주로 사용하는 신조어를 대할 때면 왠지 그 말에서 외로움이 느껴진다. 누군가 그 말들을 사용할 때도 나는 감정이 잘 느껴지지 않는다. 마음을 터놓고 소통하기 힘들어하는 젊은이들을 많이 만나서일까. 신조어가 통용되는 대화창을 볼 때면 그저 피상적으로 소통하고 있다는 느낌을 받을 때가 있다.

상담 세션에서 만난 청년들은 대부분 자신의 감정을 알아차리거나 찾는 것을 어려워했다. 불편한 감정이 올라올 때면 짜증이나 분노로 표출하기 일쑤였다. 질문에 답하기 전 여백이 길었고, 표정은 어두웠고, 자조 섞인 한숨 소리를 대답 대신 들려주기도 했다. 무음이, 한숨이, 내겐 그렇게 들렸다. '나도 나를 잘 몰라 답답해요. 무슨 말을 어떻게 해야 하나요.' 감정을 표현하는 말을 찾는 대신, 순간의 답답함을 틔워주는 듯한 신조어를 사용하는 건 아니었을까. 마치 곪은 상처의 표면에 연고를 바르고 마는 것처럼, 별 수고하지 않고도 빠르게 먹을 수 있는 인스턴트 음식을 집어드는 것처럼….

그동안 나타났다 사라진 신조어들이 수두룩하다. 하지만 인터넷에 접속하면 또 다른 신조어가 "나랑 오늘부터 1일이에요" 하며 여전히 나를 기다리고 있을 것 같다. 무슨 뜻인지 어렴풋이 짐작되는 것도 있으나 혼자 알아내기 힘든 것들이 대부분이다. '뷰 맛집'이나 '노을 맛집'을 찾아보듯 신조어들을 소개하는 글의 도움을 받는다. 발음조차 힘드니 그 낱말들을 기억하기란 쉽지 않은 일이다. 2~3년 전, '허걱'이라 했다가 원시인의 말이라도 들은 듯 놀라던 아들 표정이 떠오른다. 자주 접한다 해도 내 입에 붙어 실제로 써볼 때쯤이면 다시 유행이 끝났을 수도 있으니 그때는 아들이 어떤 표정을 지을까 궁금하기도 하다.

신조어를 왜 사용하는 걸까. 온라인의 특성상 빠르게 소통할 수 있는 이점과 소속감 때문에, 혹은 시대에 뒤떨어진다는 생각을 하고 싶지 않아서, 아니면 자신의 감정이나 생각을 표현하기 힘들 때 정확하진 않아도 대화를 가능하게 해주는 편리함에 슬쩍 기대려는 걸까.

순간의 마법을 부리듯 불편한 감정을 희석시켜 주거나 복잡한 상황을 단숨에 정리해 줄 때도 있다. '열정페이'가 그러하다. 그 말이 생겨나기 전엔 관행이라 여겨지던 이 행태를 표현하기 위해 긴 설명이 필요했다. 그러나 이 말이 생겨남으로써 젊은이들의 억울함이 한 단어로 정리되고, 부당한 고용 실태가 보도됨으로써 청년들이 자신의 목소리를 조금 더 낼 수 있게 되었다.

50대 후반, 60대 초반의 지인들을 만났을 때 신조어에 대해 물었다. 얼마나 알고 있는지, 사용하고 있는 말들이 있는지…. 그러나 신조어라는 단어조차 낯설어하는 눈치였다. 세태를 반영하는 '퐁퐁남'(결혼 후 전업주부인 아내에게 경제권을 넘겨주고 가정의 중요한 의사결정에서 발언권이 약하며 가사노동까지 떠맡는 남편을 지칭), '설거지론'(연애 경험이 전무하거나 매우 적은 남성이 젊은 시절 자유로운 연애를 즐겼던 여성과 결혼하는 행위를, 타인이 식사를 마치고 남은 더러운 식기를 자발적으로 설거지하는 것에 비유하여 비합리적인 선택임을 주장하는 인터넷 상의 담론), '뇌피셜'(인터넷 상에서 객관적인 근거 없이 자신의 생각만을 근거로 한 추측이나 주장을 하는 것을 이르는 말) 등에 대해서도 물어보았지만 알지 못했다. 비교적 연령대가 낮은 이들이 모이는 다른 모임에서도 같은 질문을 했으나 이전의 지인들과 같은 반응을 보였다. 신조어가 50~60대 기혼여성들의 삶과는 무관해 보이는 듯했다.

한편 한 지인의 말을 듣고 요즘 젊은이들에 대한 이해가 될 듯 말 듯해 잠시 혼란스러웠다. 지인의 아들이 얘기한 “후진국에서 태어나 후진국 교육을 받은 아버지, 후진국에서 태어나 개발도상국 교육을 받은 어머니, 선진국에서 태어나 선진국 교육을 받은 내가 어떻게 같은 생각을 할 수 있냐”는 말 때문이었다. 이 말이 신조어에 대한 질문에 답하지 못했던 부모세대들의 포괄적인 답이 될지도 모를 거라 생각한다면 지나친 ‘뇌피셜’일까.

언어가 시대적 상황을 민감하게 드러낸다는 점에서 볼 때 신조어인 퐁퐁남과 설거지론은 결혼과 관련한 젊은 세대들의 생각을, 뇌피셜은 자신을 드러내는 것에 익숙한 젊은이들의 모습을 보여주고 있는 것 같다. 설거지론에 대해 인터넷 상에서 있었던 갑론을박을 보며 일부 여성의 연애관에 대해, 또는 그를 바라보는 남성들의 다층적인 생각과 의견들을 접할 수 있었다. 자신이 설거지를 당하는 것은 아닐까에 대한 젊은 남성들의 불안감도 느껴지는 듯했다. 나 또한 내 아들이 설거지론과 퐁퐁남의 주인공이 되면 어쩌나 염려되었다.

문득 “언어의 부재가 인식의 부재를 낳는다”는 말이 떠오른다. 그 말을 역으로 하면 ‘언어의 존재는 인식을 낳는다’는 것이 아닌가. 가끔 반짝이는 언어에 담긴 기발한 신조어를 만날 때면 인식의 범위가 넓어지고 그로 인해 관계의 질도 깊어질 터이니 반가운 마음이 든다. 반면에 의미가 왜곡되고, 혐오의 뜻이 담긴 말들이 확산될 때면 사용하는 이들의 인식에 부정적인 영향을 미치게 될 것 같아 걱정스럽기도 하다.

다른 이들은 그저 가볍게 스쳐지날지도 모르는 신조어에 나는 왜 감정이 이입되고 표정이 느껴지는 걸까. 제대로 소통하지 못하는, 마음이 아픈 젊은이들이 그 말 뒤에서 혹시라도 자신의 외로움마저 놓쳐버릴까봐 염려하는 것인지도 모르겠다. 그럼에도 젊은이들이 지친 일상 속에서 잠시나마 신조어를 부리며 '티키타카' 한다면, 할아버지 할머니가 있는 그대로의 손주 모습에 흐뭇해하듯 나도 그렇게 바라볼 수 있지 않을까. 오늘 내가 만난 신조어의 표정은 '여유'이다.

밀어密語

너는 내게 즐거움이자 두려움이다. 나는 오늘도 올 듯 올 듯 오지 않는 널 기다린다. 갑자기 네가 내 앞에 나타나면 난 어떻게 할까. 상기된 표정으로 널 바라보겠지. 그리곤 네가 들려주는 말을 한마디도 놓치지 않으려 두 눈을 반짝이며 귀 기울일 거야. 얘기들이 어디로 어떻게 흐를지 생각하고 또 궁금해하며….

그러나 오지 않는 널 기다리다 상상 속 구름 위를 걷는다.

오늘 아침은 더 긴장한다. 지난 주에 발표된 **상 수상으로 밀려드는 언론사 인터뷰 중 가장 날카로운 평을 하는 기자와의 만남을 앞두고 있기 때문이다. 사전 질문지도 없이 즉석에서 이루어지는 인터뷰이니 만큼 예상되는 질문을 추려본다. 동료 문인들의 축하 문자가 이어진다.

좋아하는 선배의 문자에 답하려는 순간, '딩동' 현관 벨소리가 울린다. 행복했던 상상 속 서재의 문이, 현관으로 가는 내 등 뒤에서 '쾅' 소리를 내며, 닫히고 있다.

내가 잘 해낼 수 있을까 두려울 때마다 '시작이 반'이라는 말을 떠올린다. 앤 라모트의 말이 힘이 되고 위로가 될 때도 있다. "거의 모든 명문들도 거의 다 형편없는 초고로부터 시작된다. 당신은 일단 무슨 문장이든지 써볼 필요가 있다. 내용은 뭐라도 상관없다. 시작이 반이라고 종이 위에 쓰기 시작하는 것이 중요하다." 하지만 나는 여전히 첫 문장이 두렵다.

'글 속에 글쓴이가 있다'는 말이 점점 무겁게 다가온다. 삶의 자리를 돌아보고 자신을 성찰하며 살아가는 사람의 글은 삶이 그러하듯 명료하고 경쾌하다. 생각이 정리되지 않아 발효되지 못한 글은 여름철 무맛이다. 땅의 뜨거운 기운이 묻어 올라와 맵고 시원한 맛도 내지 못하는 애매모호한 맛. 그 맛처럼 너를 향한 내 사랑의 맛도 경계의 어디쯤에 있는 것은 아닐까.

너로 인해 삶의 촉수가 예민해지고 반복되는 일상이 다르게도 보인다. 이름 모를 작은 꽃에 설레어 다가가고, 주위 사람들의 표정이나 눈빛, 제스처에 집중하게도 되고, 매일 조금씩 가을로 채색되는 관악산의 모습에도 뭉클하다.

나는 왜 네게 마음이 끌리게 되었을까. 어떤 의미일까. 한 번도 너를 볼 수 없는 날이 이어지면 괜히 사랑을 시작했다 후회하며 밤잠을 설칠 수도 있으리라. 그러나 생각이 막혀 캄캄한 밤이 이어지고, 너를 놓칠 것 같은 불안에 시달릴 때도 나는 너를 기다리리. 너도 나를 그리워하며 기다리고 있구나. 이제 우린, 키보드 앞에서 너와 나만이 아는 언어의 비밀을 즐기게 되었구나.

커서가 깜빡인다. 내 안의 언어들이 손을 흔든다. 나는 그들의 손을 얼른 잡는다, 가슴은 뛰고 있으나 무심한 표정으로. 키보드 위에 그들을 다 앉히고서야 비로소 미소짓는다.

드디어 만났구나, 너, 글.

길치 인생

나는 심각한 길치다. 처음 가는 길은 물론이고, 갔던 길도 돌아올 때는 마치 간 적이 없었던 것처럼 거의 기억을 못해 주위 사람들을 놀래키기 일쑤다. 아무리 집중해서 길을, 지형지물을 기억하려 해도 어느 순간 딴생각을 하고 있다. 그래서인지 새로운 길에 대한 두려움이 커 갑자기 차를 몰고 어디론가 떠난다든지 하는 일이 내겐 그저 남의 일로만 여겨진다.

사진을 배우기 시작한 지 8년여가 지났건만 아직 혼자 길을 나서지 못한다. 새벽안개를 만나러 어느 지방의 호숫가를 훌쩍 다녀왔노라며 찍어온 사진을 보여주는 동료들의 경험을 부러워할 뿐이다. 내가 평생 가질 수 없는 직업이 여행사 가이드이고, 평생 할 수 없는 일이 혼자 해외여행 가는 것이라고 자조 섞인 농담을 한다. 물론, 어학연수 중이던 딸을 만나야겠다는 놀라운 모정에 힘입어 혼자 미국을 다녀온 적은 있다.

어렸을 때 자주 갔던 작은아버지 댁을 찾지 못해 작은아버지가 돌아가셨을 때도 대학생이던 나를 누군가가 마중 나와야 했다. 이뿐만이 아니다. 교생실습을 나갔을 때는 수업을 마친 후 교무실을 찾지 못해 같은 곳을 계속 왔다갔다 하자, 학생들이 왜 또 오셨냐며 반가워하던 일도 있다. 급기야는 결혼 후 첫 퇴근길에 당시 시어머니와 함께 살던 시댁을 찾지 못해 결국엔 전화를 해야 했고, 놀라 한달음에 나오신 시어머니의 호위(?)를 받으며 귀가했다. 언젠가는 내 차의 조수석에 앉아 길을 알려주던 지인이 집 근처 5㎞ 지점쯤에 왔을 때 생글생글 웃으며 "여기도 가르쳐줘야 돼?"라고 말해 대답도 못하고 서글픔을 삼켰다. 실제로 몰랐었기에….

이런 내게 남편은 언젠가 말했다.

"나는 처음 가는 길은 자꾸 뒤를 돌아보며 가. 되돌아올 때 길을 잃지 않으려고." 나는 되돌아올 때 길을 잃지 않으려고 얼마나 뒤를 돌아보았는지, 기억하려고 얼마나 애쓰며 지나갔는지…. 이후로도 그의 말은 계속 나를 따라다녔다.

길치인 나는 길만 몰랐던 걸까. 굽이굽이 인생길에서 타인의 마음을 헤아리지 못해 관계를 놓치기도 하고, 가지지 못한 것에 연연하느라 주어진 것에 대한 감사함을 잊은 채 살기도 했다. 다름의 차이를 인정하지 않고 틀렸다 단정지어 친밀한 관계 속에 도달하지 못한 채 끝나버린 인연도 있다. 그동안 남의 탓, 상황 탓만을 하며 생치生癡로 살아온 것은 아닐까. 길을 모르는 것이 길치라면, 삶의 의미와 소중함을 찾지 못하는 나는 '생치'이다. 가끔은 멈추어 서서 뒤를 돌아보아야겠다. 내가 서 있는 곳은 어디이며 어떤 모습으로 서 있는지, 지금 내 감정을 생생하게 알아채주고 있는지, 길을 잃었을 때 내 삶의 내비게이션이 되어줄 주위 사람들을 배려하고 마음 또한 살펴가면서….

길치로 살아가며 감사할 때도 있다. 내가 가장 두려워하는 내 약한 지점이 나를 겸손하게 빚어내기 때문이다. 낯선 곳에서 나는 여리고 낮은 자가 된다. 여행지에서는 동행한 지인에게 대체로 고분고분하고 길에 관한 한 그의 의견을 받아들인다. 물론, 길치의 수준이 엇비슷했던 세 자매가 동행한 프랑스 여행길에서 서로 다른 길을 주장하다 몽생미셸은 배경이 되고 성마른 모습들이 전경이 되었던 씁쓸한 경험이 있기는 하다. 그럼에도 여행지에서만큼은 평소의 교만이 자취를 감추고 인간다운 모습으로 잠깐 살아간다. 돌아오는 비행기 안에서 스멀스멀 교만이 곧 올라올지는 모르지만….

오늘도 나는 길을 나선다. 인생이 순례길이니 생을 마감

할 때까지 길 위에 머물게 되지 않을까. 길 위에서 길을 잃기도, 함께 걷던 사람을 놓치기도, 갑자기 장애물을 만나 놀라고 당황스러워도 할 것이다. 그러나 그때마다 나를 제자리로 돌아올 수 있게 하는 것은 마주친 상황에서 스스로에게 던져왔던 오랜 물음, '이게 맞는 걸까', '이게 정말 다일까'가 이정표가 되어주었기 때문인지도 모르겠다.

별빛으로 물들다

오늘, 우리 집에 별이 뜬다. 온통 별빛으로 물들 1304호. 갑자기 생기가 도는 부부의 움직임이 바빠진다. 깨지기 쉬운 것들을 높이 올려놓고, 타고 올 차가 신속하게 정문을 통과할 수 있도록 방문차량 등록을 해둔다. 차량이 정문을 통과했다는 문자가 뜨면, 남편이 산이를 안고 지하주차장으로 내려간다. 아이가 현관문을 들어설 때면 목소리 큰 산이가 짖어 깜짝 놀라 울었던 적이 여러 번 있던 터였다. 언제나 제 편인 두 호위 무사와 개까지 안은 할아버지의 에스코트를 받으며 현관에 들어선 작은 별은 시크한 미소 한방으로 벌써 내 마음을 녹인다.

별이 말한다. "코끼리 퀴즈 해줘."

나는 동물입니다. 나는 몸집이 아주 큽~니다. 내 몸은 회

색입니다, 나는 귀가 크~고요, 코가 아주 깁~니다. 말이 채 끝나기도 전에 녀석은 자신만만한 미소를 띠며 '코끼리' 하고 외친다. 그러면 나도 놀랍다는 표정을 하곤 '딩동댕'을 외쳐준다. 녀석이 또 말한다. "그럼 이젠 하마…." 나는 하마란 말을 못 들은 척, 맞추기를 기대하는 눈빛을 하고 열심히 하마를 설명한다. 룰의 전복.

술래잡기에서도 자기가 술래인데 열까지 세고 숨어버리는, 태어난 지 만 세 돌된 아이. 졸지에 술래를 찾게 된 나는 녀석이 있는 곳을 금방 알아내지만 어딨지, 못 찾겠네를 연발하며 짐짓 시간을 끈다. 조금 떨어진 곳에서 저기 보이는 게 이준이 다리 같은데 하면, 뒤로 돌아서서 손으로 얼굴만 가린 채 서 있던 손자는 "이준이 아니에요" 한다. 나와 딸은 동시에 웃음을 터뜨린다. 그럼, 누구예요? 조용하다. 눈치도 없이 그런 어려운 질문을 하다니…. 버티던 녀석은 손을 내리고 뒤돌아서 우리를 보더니 큰소리로 웃는다. 나도 따라 웃는다. 딸이 뒤에서 큭큭거리며 찍은 동영상을 지인들에게 퍼나른다. 동영상 밑에 빨간 하트가 나란히 달린다.

녀석의 능청이 날로 늘어간다. 놀이터의 목마 위에서 앞뒤로 몸을 움직이며 빠르게 말 타는 시늉을 해 딸이 엄청 빠르네 하면, "이 정돈 기본이지"라며 센 척을 한다. 제 어미가 해준 음식이 맛있을 때면 "음, 훌륭한 솜씨군" 하고 말해 식구들을 웃게 만든다.

외출한 딸을 대신해 손자를 돌보던 어느 날, 놀던 아이가 "할머니, 쉬가 달려오고 있어"라고 했다. 처음엔 잘 못 알아듣다가 두 번째 말하는 것을 듣고서야 딸의 얘기가 기억났다. "쉬가 달려온다고 하면 화장실로 뛰어가 바지를 내려주세요"라던. 다급했던 순간이 지나고 바지를 올려주며 녀석이 이렇듯 자신의 감각으로 세상을 알아가고 넓혀가는 것은 아닐까 생각했다. 손자의 말과 행동은 나를 연하고도 말랑한 사람으로 잠시 돌려놓는다. 녀석을 보며 가장 따스한 미소를 짓고, 뭘 잘못해도 그저 애틋하게 바라본다.

비 오는 날 아침, 딸이 동영상을 보내왔다. 노란 우비를 입고 장화를 신은 손자가 어린이집으로 가는 길. 이리저리 흔들리는 우산을 두 손으로 꼭 붙들고 온몸으로 바람을 맞으며 느리게 걸음을 옮기고 있다. 마치 앞으로 살아가며 거쳐야 할 크고 작은 관문 중 하나를 통과하는 듯하다. 차도에는 좋아하는 차들이 끊임없이 지나가고 있어도 고개 한번 돌리지 않은 채 집중해 걷고 또 걷는다. 그렇게 걷던 녀석이 뭐라 말하는 듯했으나 알아들을 수 없었다. 볼륨을 올리고 스피커를 귀에 바짝 대니 그제야 들렸다. 우산이 흔들릴 때마다 끊어가며 말했다.

"조금만… 더… 힘내."

녀석이 스스로에게 들려주던 응원의 소리는 지친 내 삶을 토닥여주었다. '할머니도 조금만 더 힘내'라는 응원의 메시지가 종소리처럼 내 마음에 울려퍼졌다. 어린아이도 스스로에게 하는 응원을 나는 왜 그렇게 아끼고 하지 못하며 살아왔을까. 내게 응원받지 못한 또 하나의 내가 고개를 떨구고 저기 서 있는 듯하다. 미안해, 너를 응원해주지 못해서. 이제부턴 누구보다도 너를 많이 응원할게.

하늘의 별 보기가 어려워져서인가. 함께 있기만 해도 온 집안을 따스한 빛으로 물들이는 지상의 아기별들도 그 수가 현저히 줄어들고 있다. 무엇으로 그 순수하고 고운 별빛을 대신할 수 있을까.

가을로 가는 또 하나의 문

가끔 내 꿈속엔 한 쌍의 연인이 등장한다. 남자는 설레는 표정으로 여인을 기다린다. 양장 차림의 그녀가 수줍은 미소를 띠고 나타나면 좋아 어쩔 줄 몰라하며 그가 다가간다. 중절모를 쓴 멋진 차림의 남성에게 사랑받는 여성이 엄마인 그 꿈을 꾸고 나면 나는 적이 안심되고 마음속엔 폭죽이 터진다. 자신의 삶의 주인공으로 엄마가 살아가기를 간절히 원했었기에. 무의식은 꿈에서나마 내 오랜 바람을 들어주는 걸까, 아니면 딸의 시린 마음을 위로해주려고 당신이 꿈속을 다녀가신 걸까. 그날 내게 '가을로 가는 문' 하나가 열렸다.

한원준 선생의 수필 「가을로 가는 문」을 읽었다. 선생이 미국에 살던 시절, '알피'라는 고양이를 키우던 백인 친구 집에 갔을 때의 이야기이다. 집안으로 들어오는 문마다 애완동물 출입구가 한 개씩, 모두 네 개가 있어 궁금해 물어보니

"계절을 찾아가는 문이야"라고 친구는 대답했다. 재미있게 놀고 싶을 때 들어오는 뒷문은 여름으로 가는 문, 게으름을 피우고 싶을 때 들어오는 부엌문은 봄으로 가는 문, 겨울로 가는 문인 현관문의 출입구는 절대 나가지도 들어오지도 않는다고 했다.

알피가 장난도 치지 않고, 가족들에게 가까이 오지도 않고 우울해하다가도, 차고 옆 고양이 문으로 들어와서는 다시 쾌활하고 행복한 고양이가 되었다고. 그 오래된 출입구는 알피에게 가을로 가는 문이었다. 교통사고로 죽은 늙은 어미가 죽기 전의 계절로 가는 문, 죽은 어미와의 행복한 추억이 담겨 있는 가을로 가는 문을 통과한 후에 다시 쾌활하고 행복한 알피가 된다는 구절에서 왈칵 눈물이 쏟아졌다. 생각해본다. 내 가을로 가는 문에는 어떤 기억들이 새겨져 있는 걸까.

새해가 되면 엄마는 연례행사처럼 점집을 다녀오셨다. 목욕재계 후 아껴두었던 한복과 두루마기를 꺼내입고, 준비한 제물을 가슴에 안은 채 상기된 표정으로 길을 나섰다. 단골 무당에게 가서 올 한해도 식구들이 모두 길하다는 소리를 듣고 돌아와야 안심하고 살아갈 수 있다는 듯. 기다리던 엄마가 집에 도착하면 우리는 이미 그해의 운수를 듣지 않아도 알 수 있었다. 현관 밖에서부터 한 톤 높은 목소리로 '엄마야'를 외치는 소리가 들려왔으므로. 아버지의 사업에 대운이 들었고, 식구들 모두 운수대통이라는 말을 들었을 터였다.

내용물이 바뀌어 돌아온 보자기 속에는 입술을 빨갛게 물들이던 둥글넓적한 모양의 사탕과 떡, 과일, 생선, 잣, 부적 등이 들어 있었다. 부적은 고이 접혀 아버지의 베개 속에, 양복 안주머니에, 딸의 치맛단 속에 모셔(?)졌다. 딸들은 엄마를 빙 둘러싸고 앉아 자기의 올해 운수를 앞다투어 묻고, 바늘에 잣을 끼워 불을 붙이는 잣불놀이를 했다. 자신의 새해 운수가 타는 잣불에 달려 있기라도 한 듯 불이 높이 올라가면 좋아했다. 그런 딸들을 바라보며 미소짓는 엄마의 모습만으로도 기쁘던 날, 우리에겐 가을로 가는 문 하나가 열렸으리라.

해마다 엄마의 생신날엔 이모들과 외숙모를 초대했다. 엄마가 행복해 보이던 그 특별한 날은 온 집안에 생기가 돌았고 딸들도 덩달아 달뜬 마음으로 하루를 보냈다. 불고기와 잡채, 샐러드와 녹두빈대떡을 만드는 당신의 손길이 정성스러웠다. 딸들의 자랑거리가 또 하나의 메뉴로 준비되어 있던 날의 손놀림은 더없이 경쾌했다. 전날, 시장에 따라갔을 때 단골 상인들에게 우리 넷째 딸이라며 나를 소개한 뒤, 민망할 정도로 칭찬하던 그들의 반응에 좋아하는 엄마를 보며 내 마음도 함께 분홍빛으로 물들었다. 고소한 냄새가 온 집안에 진동하고, 부엌의 열린 문틈 사이로 드나들던 찬바람조차 따스하던 날에도 가을로 가는 문 하나가 열렸다.

엄마와 단둘이 여행한 적 없으니 꿈에서라도 함께 여행하고 싶다.

'어디가 제일 가고 싶으세요?'

"글쎄…."

뭘 드시고 싶은지, 선물로 뭘 받고 싶은지 여쭤봤을 때 평소에도 "글쎄"로 답을 하셨던 당신.

'다리 아파 잘 못 걸으시니까 집안에서 강도 보이고 산도 보이는 곳으로 갈까요?'

예의 그 알 듯 말 듯한 미소만 지으시려나. 꿈길에서 만난 엄마에게 여쭙게 되었으면….

여행 가면 나란히 누워 엄마의 가슴에 얼굴을 묻고 엄마 냄새를 맡으며 지쳐 이젠 그만 물어보라 하실 때까지 묻고 또 묻고 싶다. 가장 행복했던 순간, 가장 속상했던 일, 하고 싶었던 일, 보고 싶은 사람, 이루고 싶은 꿈, 나 때문에 행복했고 속상했던 일 등등. 더없이 소중한 당신과의 삶의 시간을 공감하지 못한 채 놓쳐버린 나는, 부질없는 질문을 허공에 던지고 있다.

말을 아꼈던 엄마의 침묵 속에는 오롯이 혼자 견뎌낼 수밖에 없던 삶의 파도가 출렁였을 것 같다. 멀미하는 몸을 일으켜 겨우 추스르면 다시 밀려드는 파도 앞에서 먹먹했을 엄마. 해결되지 않은 감정의 파편들이 말이 되어 나오지 못한 채 서로 부대끼다 보따리 되어 가슴 속에 쌓였을까. 이제는 다 쪼그라든 작은 보따리를 풀어본다. 가을로 가는 문이 보이지 않는다. 아니 처음부터 없었던 것은 아닐까. 내가 있다고 믿고 싶었던 그 문은….

빈자리

해 저무는 거리에 바람이 인다.

전철역 앞, 더덕과 메밀묵을 올려놓은 좌판 앞에서 더덕의 껍질을 벗기고 있던 할머니가 지나는 사람들을 바라보고 있다. '이것들 좀 사가셔'라고 말하는 듯한 눈빛으로. 여러 겹의 옷을 입은 노인의 움츠린 어깨 위에 한기가 소복하다. 나는 가던 길을 멈추고, 하얗게 껍질이 벗겨진 더덕 한 봉지를 사려다 "메밀묵도 주세요" 했다. 만삼천 원을 받고 더덕과 메밀묵을 검정비닐 봉투에 담는 곱은 손이 발갛다. "손난로라도 좀 쓰시지요. 이렇게 추운데…." 할머니가 나지막이 얘기하셨다. "무슨 그런 호사를…." 호사라는 말이 그렇게도 쓰일 수 있다는 것에 당혹해하는 순간, 슬픔인지 미안함인지, 살아내는 것의 설움인지 알 수 없는 감정이 내 안에 스며들었다.

2년여 동안 회비를 한 푼도 못 썼으니 좋은 데서 만나자며 약속한 고깃집의 등심이 1인분에 사만오천 원. 총무가 계산한 다섯 명의 찻값만도 몇 만 원일 터.

더덕 4봉지, 메밀묵 6조각, 좌판 위에 있던 것을 다 합한 가격이 오만팔천 원. 집에 돌아와서도 추운 거리에서 더덕 껍질을 벗기던, 온몸으로 삶을 맞닥뜨리고 있던 여든이 넘어 보이는 할머니의 모습이 자꾸 생각났다.

혹시라도 형님 아우하는 고향의 이웃이 농사지은 더덕을 팔지 못하고 있다는 하소연에 당신이 팔아주겠노라며 가지고 나온 것이라면 좋으련만, 그러기엔 좌판에 묻은 세월의 흔적이 너무 짙어 보였다.

며칠 후 외출하는 길에 전철역 앞에 앉아 있는 할머니의 모습이 보였다. 반가운 마음에 다가가보니 여전히 맨손으로 더덕 껍질을 벗기고 있다. 귀갓길에 더덕을 여러 봉지 사려고 몇 시까지 계시는지 여쭤보았다. 다섯 시까지라 했다. 6시 전에는 못 올 것 같다 하니 그때까지 기다리겠노라 하신다. 당황한 나는 손사래를 치며 그러시지 말라고, 다음에 사겠다고 말씀드렸다. 기다리겠단 말씀을 듣고는 추위에 한 시간을 더 있어야 하는 게 미안했고, 샀더라면 들고 다니기가 번거로울 것 같다는 생각을 한 것 같다. 하지만 그때 아무 말 없이 더덕을 샀어야 했다. 어쩌면 하루 생계가 달린 절

박한 일이었을 수도 있는데…. 이후로는 뵐 수가 없었다. 추운데 안 나오시니 다행이다 싶다가도, 만나는 지인들에게 한 봉지씩 나누어주면 되었을 것을 뒤늦은 후회를 한다.

할머니의 '호사'라는 말은 때론 아프게, 때론 옷깃을 여미게 하는 말이 되어 나를 따라다니게 될지도 모르겠다. 남은 생애 동안 이제 더는 추운 거리에 나오지 않게 되기를, 어쩌다 더덕 껍질을 까게 된다 해도 '그런 호사'쯤은 마음놓고 누리게 되시기를…. 그러나 삶이 녹록지 않음을 생각하면 쉬이 그리되지 않을 것 같은 마음이 지워지지 않는다.

무언가에 이끌리듯 전철역 앞으로 갔다. 찬바람이 몹시 불던 날이었다. 할머니가 보이지 않았다. 좌판이 있던 곳을 서성거렸다. 바람이 휘몰아치니 이내 손발이 시렸다. 긴 시간 앉아 있던 할머니에게는 한겨울 냉기가 뼛속까지 스며들어 시린 발, 시린 손은 끝내 감각도 없었을 터. 그럼에도 아픈 허리를 두드리곤 생명줄을 잡듯 다시 더덕을 잡았을 것이다. 더덕이 밥이 되어주기를 바라는 날마다의 기원이 행여 무위로 끝나버릴까 조심스레 껍질을 벗겼을 것이다.

당신의 고됨도 더덕 껍질처럼 그렇게 벗겨져 나가면 좋을 것을…. 차마 떨어지지 않는 발걸음에 주춤거리고 있던 내게 근처 종교단체에서 세워놓은 입간판의 글귀, '모두가 은혜입니다'가 보였다. 오늘 따라 무색한 저 말씀에라도 기대보고 싶은 생각이 들었다. 할머니의 일상이 내가 염려하고 있는 것이 전부는 아닐지도 모른다는….

지나는 사람조차 드문 저녁, 남은 더덕과 메밀묵에 얹힌 삶의 무게를 어찌 감당하며 그 시린 발걸음을 옮기셨을까.

할머니가 없는 빈자리엔 애꿎은 바람만 지나고 있다.

생명만한 것이 또 있으랴

산부인과 병동엔 적막이 가득하다. 마음이 심란해서일까, 책을 펼쳤으나 눈에 들어오지 않는다. 환자는 잠들고 창가에 앉아 하릴없이 맞은편 건물 옥상정원을 내려다본다. 잔디에 오솔길과 등나무 벤치, 파라솔까지 제법 정원의 모양새를 갖추고 있다. 녹색의 잔디를 보고 있으니 눈이 시원하다. 의사 가운을 입은 이들이 산책하고 있고 두 명의 여자가 그늘에 앉아 얘기를 나누고 있다. 하늘은 파랗고 구름은 무심하게 흐른다.

파라솔 아래 환자복을 입은 초로의 남자에 눈길이 머문다. 무슨 생각을 하고 있는 걸까. 어디가 얼마나 아프길래…, 무얼 하던 사람인지, 지금 마음은 어떨까. 멈춰 있는 자신의 삶이 어디서부터 잘못되었는지 헤아리기라도 하는 걸까, 때때로 고개를 가로젓는다.

어떤 상처를 어떻게 견뎌내고, 누구에게 무엇으로 위로받았을까. 스스로에게 기쁨주는 일을 얼마나 했으며, 선택의 기로에서 망설이지 않고 당당하게 자신의 뜻을 따랐을까. 살아오며 가장 후회되는 일은 무엇일까. 가장 하고 싶은 일은? 혹시라도 삶의 시간이 얼마 남지 않은 경우라면 소중한 사람들에게 무슨 말을 하고 싶을까. 구름이 흘러가듯, 내가 보냈고 남자가 보냈을 허허로운 삶의 조각들이 바람에 흩어진다. 부디 생명줄을 꽉 붙드시기를….

병실에 딸아이가 누워 있어서인가, 다시 기억해낼 리 없는 남자의 삶이 지속되기를 염원한다. 두려움의 한가운데 있을 때 가장 부드럽고 연한 마음이 되나보다. 그를 위로해주려는 걸까, 남자의 등 뒤로 햇살이 내린다.

잠들어 있던 딸이 자세가 불편한 듯 부른 배를 옆으로 누인다. 예정일을 석 달이나 앞두고 자궁수축이 계속돼 보름 넘게 입원 중이다. 수축이완제와 항생제를 맞고 진통제를 복용해 조금 안정을 되찾았으나, 임신 후 크기가 커진 상태에서 괴사되고 있는 자궁근종을 자궁이 이물질로 여겨 계속 밀어내려고 하니 조산 위험도 커 한 치 앞을 예측할 수가 없다.

태아는 이제 1kg 남짓 되었는데…. 결혼한 지 4년이 되도록 임신이 안 돼 애태우다가 인공수정 실패 후 다시 힘을 내

시도한 첫 번째 시험관 시술에서 임신에 성공한 뒤 그렇게 기뻐했는데…. 잠든 딸을 보고 있자니 뜨거운 눈물의 기도가 절로 드려진다. 어미의 태중에서 건강하게 잘 자라게 하소서. 예정일에 세상 빛을 보게 하시어 감사드리며 어미가 품에 안게 하여 주소서….

33년 전, 간호사가 '너무 예쁜 공주님이에요' 하며 딸을 내 품에 안겨주었다. 방금 전 출산의 고통도 잊은 채, 부서질 듯 작은 생명 앞에서 감격에 겨운 나는 할 말을 잊고 왈칵 눈물부터 쏟아냈다. 딸의 볼은 복숭아 빛으로 물들어 있었다. 내가 보았던 가장 아름답고 화사한 색. 펴기 힘들 만큼 꽉 움켜진 작고 하얀 손은 살겠다는 의지를 전해주는 듯했다. 나는 그 손을 잡고 '그래, 아가, 엄마야'란 말밖에 하지 못했다. 그리 설레며 기다려왔던 딸과의 첫 만남은 그렇게 마무리되었다.

딸은 아들과의 첫 만남을 어떻게 할까, 사위도 감격에 겨워하느라 그 장면을 놓치고 남겨놓지 못하는 것은 아닐까. 딸과의 최초의 만남이란 그 감동적인 장면이 기억 속에만 남아 있어 못내 아쉬운 나는 벌써부터 생각이 너무 멀리 가 있다. 요즘 내게 희소식은 딸의 혈액 중 염증수치가 낮아졌다는 소식이요, 누군가 평생 잊지 못할 행복한 순간이 언제였냐 묻는다면 건강하게 태어난 아들을 품에 안고 감격해하며 '그래, 아가, 엄마야'란 말밖에 하지 못하던 딸의 모습을 보던 때였노라 답할 것 같다.

딸의 고통을 곁에서 함께하며 그동안 내 시야에 들어오지 않았던 것들이 보이기 시작했다. 3교대로 근무하느라 밤잠을 쫓으며 환자를 돌보는 간호사들, 허리 통증을 참으며 아침, 저녁으로 병실을 청소하는 이의 고통스러운 표정, 식당 종사자의 부르튼 손등이 눈에 들어왔다. 또한, 부른 배를 한 손으로 바친 채 수액이 줄줄이 달려 있는 카트를 밀고 아기를 지켜내기 위해 두려움과 싸우며 복도를 오가는 임산부들의 눈빛 속에 담긴 간절함을 마주할 때마다 저 태중의 생명을 지켜주시기를 하나님께 기도했다.

그로부터 열흘 후 딸은 두툼한 약 봉투와 함께 퇴원했다가 다시 한번 입원했으나 아직까지 잘 버텨주고 있다. 코로나19로 인해 엄격해진 환자 보호자 시스템 하에서 불안과 두려움을 안은 채 병원을 드나드느라 심신이 지쳐 있었던지 나는 열흘 넘게 대상포진을 앓았다. 아직도 기운을 못 차리고 있으나 딸을 집으로 데려오면 해줄 음식의 메뉴를 찾고 고르고 지우기를 반복하며 상상 속 상차림을 하고 있다.

제4장

평범한, 아찔한, 눈부신

시그널

나는 그곳을 사랑했다.

잣죽을 먹고 있어서일까, 오래 전의 추억이 떠올랐다.

첫 시간 강의가 없는 날인데도 일찍 집을 나선다. 매일 들르는 곳, 대학 방송국 문을 열고 들어간다. 아무도 없다. 코에 스며드는 익숙한 먼지 냄새, 안심이다. 어제 열띤 논쟁이 있어서였을까. 목소리들이 여기저기 머물러 있는 듯하다. 오디오룸으로 들어간다.

혼자 이 방에서 크게 음악을 듣는 것을 너무나 좋아하는 나. 호흡을 가다듬고 매일 듣는 LP판을 꺼내 턴테이블에 얹는다. 기타의 긴 전주가 끝나고 드럼이 곧 있을 보컬의 입장을 알리면 심장이 뛰기 시작한다. 메인보컬의 허스키한 음성이 온몸을 휘감으면 눈을 감고 그의 노래에 빠져든다.

B.T.O. 그룹의 〈매디슨 애비뉴Madison Avenue〉.

이 곡을 왜 그렇게 좋아했는지 모르겠다. 불확실하고 암담했던 청춘의 미래에 대해 걱정만 말고 부딪혀보라는 응원의 소리로 들었던 걸까. 반복해 여러 번 듣고 나면 실제로 힘이 생겨난 듯했다. 이어 글래디스 나이트 앤 더 핍스Gladys Knight &The Pips의 〈더 웨이 위 워The way we were〉를 여러 번 듣다보면 오디오룸 문을 열어보는 선배들의 얼굴을 볼 수 있었다. 선배들이 등장했다는 것은 곧 이어 아침방송이 시작된다는 시그널이었다.

당시 제작부원이었던 나는 제작부 선배들이 코스를 만들고 작명한 인사동의 소위 '작부거리'를 선배들과 함께 걷는 것을 좋아했다. 음악이면 음악, 미술이면 미술, 문학과 미학에 이르기까지 예술 전반에 걸쳐 끝없이 지식을 펼치던 멋진 선배들과 인사동 거리를 누빌 때면 세상 부러울 게 없었다. 그런 선배들과 어울리며 나도 조금은 멋진 사람이 된 듯 착각하며 우쭐해지던 시절이었다. 내게 지금까지 문학과 예술에 대한 감각이나 취향이 조금이나마 남아 있다면 그때의 접촉과 배움 덕분이리라.

거리를 헤매다 지칠 때쯤이면 늘 가던, 할머니네 잣죽집에 갔다. 그것은 제작부의 인사동 방문 루틴이었다. 오르는 나무계단이 삐걱거리던, 계피향이 반기던 이층 잣죽집에서 아랫입술과 윗입술이 쩍쩍 달라붙는 잣죽을 먹으며 또 선배들의 얘기에 귀기울였다. 시간이 이대로 멈췄으면 좋겠다고 생각했던 날들이었다.

적성과는 맞지 않았던 이과에, 게다가 성적에 맞춰 과를 선택해 전공과목에는 전혀 흥미를 느끼지 못하고 겉돌던 내게 방송국은 도피처였고, 구원이었다. 공강 시간에는 늘 방송국에 머물렀다. 무엇을 하며 살아가야 할지 삶의 방향을 잡지 못하고 모든 게 불확실할 때였으나 내 마음의 안식처였던 공간, 바닥이었던 자존감을 열 뼘은 들어올려준 공간 속의 사람들이 고맙고 그립다. 그래서인가, 방송국 동기 10명이 지금까지 만남을 이어오고 있다. 어떤 모임보다, 어떤 사람들을 만났을 때보다 편안하다.

그 시절로부터 45년이 지난 지금은 그 '작부거리'가 어디쯤이었는지, 자주 갔던 잣죽집은 어디에 있었는지 정확하게 기억하는 이도, 알 수 있는 자료도 없으니 아쉬움만 남는다. 내 마음을 읽은 동기 중 한 명이 잣죽집이 여기쯤이지 않았을까 하며 인사동 갔던 길에 찍은 사진을 올렸으나 어디서나 볼 수 있는 도시 건축물에서는 전혀 단서를 찾을 수 없었다.

지금도 잣죽을 먹고 어디선가 계피향이 느껴질 때면 노란 스웨터와 청바지를 입고 꿈꾸는 듯한 표정으로 인사동의 '작부거리'를 헤매던, 스무 살의 나를 만나곤 한다. 자신이 반짝였으나 그런 줄을 전혀 몰랐던 그녀를 만나면 이렇게 말해주고 싶다.

'넌 지금 눈부시게 반짝이고 있으니 심장 뛰는 일을 하며 살아가라고.'

스무 살의 그녀가 내게 묻는다. '요즘 당신이 살아 있음을 느끼게 하는 시그널은 무엇이냐'고. 살아 있음의 시그널…. 막 내린 드립 커피 한 잔과 함께 기다리던 책의 첫 페이지를 펼칠 때의 두근거림 혹은 재촉하는 노트북의 커서를 마주하고 있을 때의 긴장감일까.

서랍 속의 수저

서랍 속의 수저들이 졸고 있다. 수저는 누군가의 손길을 기다리는 수동적인 삶을 사는 것처럼 보이나 음식을 입으로 옮겨줌으로써 생명을 키워낸다. 이들이 서로의 곁에 누운 지 36년째. 결혼할 때 은수저 10벌을 데려왔다. 그동안 녹이 슬면 약품으로 닦아내 손잡이 쪽의 화려했던 법랑은 빛이 바래고 몸피엔 시간의 흔적이 묻어 있다. 주인의 모습을 닮아가는 듯하다. 늘 곁에 있어 소중함을 잊고 지내왔다. 주변의 많은 것들처럼.

숟가락에 생각이 머문다. 이들이 없었다면….

드라마에서 된장국을, 김치찌개를 떠먹다 돌아가신 어머니가 그리워 입에 숟가락을 문 채 흘리는 밥상 앞의 눈물을 어떻게 연출했겠는가. 또한 맛있는 된장찌개를 맛보고 어머니를 칭찬하는 충청도 아들의 능청스런 말, "호박 넣었슈?"

를 어찌 들을 수 있겠는가.

이들이 가장 행복할 때는 언제일까. 다소 뜬금없는 생각도 해본다. 아기가 음식이 올려진 숟가락을 자신의 입속으로 정확하게 넣을 때가 아니었을까. 돌이 지나면 자신이 밥을 떠먹겠다며 옷이고 식탁이고 바닥에 난장을 부려도 참아내는 것은 오물거리는 그 입을 보며 홀로서게 될 아이의 푸르른 삶을 그려보기 때문이었으리라.

돌이켜보면 수저는 생명의 용솟음과 스러짐의 과정, 인생 여정에 조용히 함께해 왔다. 중풍든 지 십여 년, 손이 떨려 밥과 국물을 턱받이에 흘리던 아버지의 저물녘 모습과 입에 밥을 넣으려고 애쓰는 손주의 아침 해 같은 모습이 같은 듯 다르게 느껴진다. 어린 시절 '떠먹여주다'에서 '떠먹다'가 되고, 노년이 되어 '떠먹다'에서 다시 '떠먹여주다'로 바뀌어야 하는 우리네 삶. 살면서 몇 번이나 수저를 들게 되고, 몇 종류의 음식을 먹고, 얼마나 많은 기쁨을 수저와 함께 누리게 되는 걸까.

포크만 있으면 되는 그마저도 필요 없는 식사 자리가 늘어간다, 생명과 멀어지는 시간이 자꾸 다가오는 것은 아닌지. 한때는 누군가와 친밀함의 정도를 나타내는 말로 그 집의 숟가락 젓가락 갯수까지 안다고 말하기도 했다. 상대의 집을 자주 드나들며 밥상을 차리고 나누기를 함께했음을 의미하는 말이었으나 요즘 누구네 집 숟가락 젓가락 갯수를 알기란 쉽지 않다. 혼밥, 혼술을 즐겨하는 얼로너aloner(먹고 자고 소비하고 즐기는 것 따위를 혼자서 하는 사람)들이 늘어가고, 힘들고 귀찮은 것을 못견뎌하는 세태와 무관치 않으리라.

어쩌면 수저는 닿았던 입술의 감촉만으로도 자신이 누구의 소우주 속으로 들어가는지 알 수 있을까. 자신을 얼마나 자주 입속으로 넣는지, 혀 위에 머무는지를 느끼며 먹는 이의 성정을 짐작할 수 있을지도 모르겠다.

서랍 속이 아직 고요하다.

수저를 꺼내어 윤이 나게 닦아 주어야겠다. 보송보송하게 말려도 주어야겠다.

오늘 만날 누군가에게는 수저를 통해 어머니의 젖줄과 연결되는 소중한 시간일 테니.

어쩌자고 내게

묵은지는 시간이 밑간이다. 절인 배추를 온갖 양념과 젓갈 넣은 속으로 버무리고 나면 시간이 숙성시킨다. 세월을 견뎌내며 서서히 깊어지는 맛과 향은 서두르는 이들에게 '서둘러 되는 일이 있더냐'고 말하는 듯하다.

묵은지는 대상을 오롯이 드러내기 위해 묵묵히 제 역할을 해내며 전혀 새로운 맛을 만들어낸다. 바닥에 깔려 고등어 비린내를 온몸으로 받아들임으로써 이전의 맛과는 다른 기막힌 조화를 이룬다. 된장 넣고 지진 맛은 지쳐 돌아온 자식을 위해 밥부터 챙기던 어머니의 토닥거림 같다. 그뿐이랴, 삼겹살을 구운 후 스며나온 기름에 볶았을 때의 그 부드러운 맛은 마음을 환하게 한다. 밥 한술을 뜨고 그를 위에 얹어 씹다보면 어느새 '사는 게 다 그래' 라는 따듯한 위로가 목을 타고 넘어간다.

어느 해인가 김장을 끝내고 열흘 넘게 해외여행을 다녀왔다. 여행 내내 유난히도 김치가 그리웠던 나는 집에 오자마자 김치냉장고부터 열었다. 생새우와 굴을 넣고 온 가족이 정성껏 담은 김치가 마침맞게 익었을 터였다. 쭉쭉 찢어 한입 가득 넣고 먹으면 느글거리던 속이 진정되고 비로소 내 자리로 돌아왔단 안도감을 느낄 것 같았다. 그러나 기대도 잠시, 신김치 냄새가 진동했다. 김치가 보온 저장되고 있었다. 놀라 허겁지겁 맛을 보니 도저히 먹을 수 없는 쓴맛이 나는 것이 아닌가. 등줄기에서 식은땀이 흐르는 것 같았다. 온 식구가 함께했던 김장 장면이 떠오르며 어찔했다.

대전에서 공부 중인 20대 후반의 아들이 "엄마, 내 주위에 집에 김장한다고 가는 애는 나밖에 없어"라며 웃을 때, 바쁜 애한테 좀 심했나 싶었지만 보글보글 끓는 생태찌개와 노란 배춧잎에 생굴과 김장속을 얹어 수육을 싸먹으며 흐뭇해하는 모습에 해마다 아들에게 연락했다. 그뿐이 아니라 결혼을 앞둔 사윗감이 한번도 해본 적 없다는 김장을 거든다고 와서는 예비 장인의 짧은 바지를 입고 힘을 보태며 자연스럽게 식구가 된 각별한 시간이기도 했다. 이젠 맛있게 먹을 일만 남았었는데….

그러나 돌아보면, 무엇인가 되려다가 마는 것이 어디 이뿐일까.

이루지 못한 채 내 주변 어딘가를 떠돌고 있을 삶의 조각들이 손을 뻗으면 잡힐 것만 같다. 몸에 밴 겸손인 줄 알았으나 득실을 따진 작정한 태도임을 알고 난 뒤 끝내버린 관계, 노력하지 않은 채 내려놓은 욕심뿐이었던 내 꿈, 사랑일거라 잠시 믿었던 사람의 무기력함에 당황하며 서둘러 끝낸 인연 등등. 지나온 시간은 내게 가르쳐주었다. 관계가, 사랑이, 삶이 발효되고 깊어지기 위해 내가 알고 느껴야 할 것은 나였으며, 지녀야 할 것은 겸손이었고, 정성과 진심으로 사람을 대하는 이들과 함께여야 한다는 것을….

'묵은'이란 단어 속에는 드러나지 않은 인내와 함부로 할 수 없는 성실함이 들어 있다. 백화점 향수 코너를 지날 때 풍겨오던 그 향과는 비교할 수 없는 묵직한 삶의 내음, 엄숙하나 정성스레 이어져온 저마다의 일상이 스며 있다. 시간이 밑간되어 묵은지가 되었듯 슬픔의 시간을 통과한 뒤엔 관계의 소중함을, 외로움을 견뎌낸 뒤엔 존재의 의미를 알아가며 나는 조금씩 숨죽어간다. 여전한 내 조급함과 성마름도 소금에 절여지듯 시간에 절여져 숨죽었으면 싶다. 이제야 나는 어렴풋이 알 것 같다. 오래 참음의 멋과 소중함을….

무심코 바라본 빈 들엔 바람만 심겨 있는 것 같아도 봄 햇살 때문일까, 잉태된 생명들이 꿈틀거리는 듯하다. 삶의 소중한 것이 무엇인지 알았거든 그렇게 살아보라고, 빈들의 바람이 속삭인다. 어쩌자고 지나던 바람은 아직도 겉절이인 내게 말을 걸어오는 걸까.

설마와 어쩌면 사이

몇 년 전 왼쪽 발목을 심하게 접질렸다. 통증이 있었으나 하루 이틀 견디다보면 낫겠지 싶었다. 이틀이 지나도 통증은 계속되었다. 한의원에서 침을 맞고 물리치료를 하니 어느 정도 견딜 만해졌고, 곧 치료를 중단했다.

그 후로도 여러 차례 발목을 접질렸고 그때마다 치료를 받기는 했지만 웬만해지면 중단하고 미뤄놨다. 그러나 통증이 완전히 사라질 때까지 치료를 계속했어야 했다.

살아오며 뭐든 미루는 것의 역사가 깊다. 초등학교 시절, 개학을 하루 앞두고 허겁지겁 밀린 일기를 쓰느라 울면서 졸린 눈을 비비고, 시험 때마다 분치기, 초치기는 물론이려니와 대학 졸업 후 들어간 잡지사에서도 흑역사는 이어졌다. 마감을 앞두고 다급해진 식자집에서 원고 재촉 전화가 빗발칠 때면 다음 호엔 제일 먼저 마감해야지 늘 다짐했다.

하지만 '김기자 원고 들어왔으니 이제 마감이네'란 식자집 사장님의 말은 한결같이 빗나간 적이 없었다.

결혼도 친구들 중 가장 늦게 했다. 남편과 두 번째 만나기로 한 날, 마감에 쫓겨 원고 교정하느라 약속 시간이 한 시간이나 지난 줄도 모르고 기다리다 인연이 이어졌다. 물론 지갑에 천 원이 부족했던 이유가 더 결정적이었기는 해도.

남편도 결혼이 늦기는 마찬가지였다. 모임이 있을 때면 남편의 선배들은 '니 애들 결혼식엔 다리에 힘이 빠져 우린 못 갈지도 몰라'라며 농담하곤 했다. 삶의 태도가 이러하니 몸에 이상이 생겨도 치료인들 때맞춰 제대로 했을 리 없다.

최근에 발목 통증이 심해져 발목전문병원에서 MRI를 찍어보았다. 영상을 판독한 의사는 늘어난 인대를 수술해야 한다고 했다. 갑자기 수술이라니…. 상담사를 만나 수술과 회복 과정 등의 얘기를 듣고 나니 더더욱 심란했다. 이후 여러 의사를 만나 영상판독을 의뢰했으나 저마다 의견이 달랐다. 당장 통증도 문제이지만 이대로 두면 발목관절염으로 진행될 것이고, 그럴 경우 수술 후에도 좌우회전을 못하는 발목으로 살아야 한다는 말이 가장 마음에 걸렸다.

대학병원에서 수술을 받기로 결정하고 수술 전 검사도 마쳤다. 그러나 영 마음이 내키지 않았다. 연골은 문제없어 보인다는 의사도 있지 않은가, 100퍼센트 관절염으로 진행된다고 얘기한 것도 아니지 않은가, 언제 관절염으로 진행될지 아무도 얘기해주지 않았는데 미리 겁먹고 수술을 진행하려는 것은 아닌가. 고민을 거듭한 끝에 수술을 취소하고 일단 치료를 받아보기로 했다.

지인들과 이런저런 모임에 수술을 받게 되어 당분간 참석하기가 어렵다 알리고, 수술 잘 받으라는 인사도 이미 받은 터였다. 문자로 다소 멋쩍은 수술 취소 결정을 알렸다. 수술을 받지 않게 되어 다행이라는 답글들이 달렸다. 안개가 걷힌 듯 개운했다. 그러나 한편으론 또 미루려는 마음 때문은 아닐까, 이미 치료 시기를 놓쳐버린 것은 아닐까, 익숙한 불안이 스며든다.

설마와 어쩌면 사이에서 주춤거릴 때의 그 느낌은 나와 늘 함께했다.

언니 옷을 몰래 입고 나갔다가 서둘러 들어왔으나 현관 앞에서 언니 신발을 발견했을 때, 수학 시간에 랜덤으로 불려나갔는데 문제를 못 풀어 숙제를 안 해온 것이 탄로났을 때, 단체 미팅 나갔던 그 옛날에 내가 잡은 볼펜의 주인이 저 사람만 아니면 돼, 라고 했으나 역시나였을 때처럼 .

발목에 발목잡혀 멈추어 돌아보니, 미루느라 내 삶을 스쳐지나갔을 소중한 것들이 떠오른다. 치열한 삶 뒤에 맛보았을 고단한 희열과 자긍심, 회피하지 않고 문제를 마주했더라면 더 깊어지고 단단해졌을 사유와 성숙한 내면의 정서, 나누지 못한 온기 등은 다 어디로 흘러갔을까.

그뿐이랴. 사랑한단 말은 결국 한번도 못하고 보내드린 부모님 얘기를 얼마나 들으려 했고, 두 분의 마음을 이해하고 받아들이려 했을까.

나중에…, 라며 미루었던 숱한 순간들, 늦은 후회로 점철되는 아픈 기억들. 창 밖의 나뭇가지들이 세차게 흔들린다. 나를 휘돌아간 저 바람은 어느 곁, 어느 곳으로 삶의 아쉬움을 전하러 가는 걸까.

나이가 들며 잊어버려 못하게 되는 일이 점점 늘어간다. 더는 미루지 못하고 생각날 때 즉시 처리할 수밖에 없게 되었다. 이젠 세월에 발목잡혔다.

젖은 말을 건네다

봄밤.

환한 달빛 아래 큰 나무의 그림자가 도드라진다. 600년을 넘게 산 회화나무. 자신이 서 있는 뜰을 내려다본다. 광야에 우뚝 선 듯 외로운 시간을 견뎌냈을 나무와 긴 세월을 함께 해온 소중한 것들, 바람, 햇빛, 새소리, 빗소리, 지나다니던 사람들의 이야기와 발자국소리, 라일락 향기가 어둠에 묻혀 있다. 밤이 되니 더 멋진 자신의 모습에 만족한 듯, 때맞춰 불어오는 바람에 부르르 잎을 떤다. 이제 곧 낮에 지나간 사람들의 그림자가 밤마실을 나올 시간. 기다리던 이들의 모습이 저기 보인다.

나무가 낮 동안 떨구고 간 이야기 주인공들의 그림자와 인사를 나눈다. 어린 아들을 위해 최근에 직장을 그만둔 젊은 엄마가 '저를 아시냐'며 반가워한다. 그런 그녀에게 '지나다니는 당신을 보고 있노라고, 낯엔 표정이 밝아졌더라'며, 나무가 웃는다.

그러고는 한 남자를 바라본다. '저 남자의 어깨가 더 처져 보이네.' 아무것도 묻지 않으나 아들의 미래를 걱정하고 있는 그를 보며 다 안다는 듯한 표정이다. 마치 '당신의 고뇌는 자식을 키우는 이 땅의 아버지라면 어쩌면 한번쯤은 겪는 일일 거라고, 그러니 혼자서만 그런 고통을 겪는 것처럼 너무 힘들어하지 말고 기다려 보라'고, 말하려는 듯하다.

나무는 문득, 아주 오래 전 어린 시절을 떠올린다. 바람결에 들은 조선의 굴곡진 이야기와 자신이 보았던 장면들을….

태어난 지 한 달도 안 된 3대 독자를 돌림병으로 잃고 물 한 모금 넘기지 못하던 젊은 산모마저 세상을 떠났다는 얘기. 미처 묻지 못한 시체가 다리 밑에 쌓여 있다는 얘기와 과거 시험에 열 번째 낙방한 선비가 집으로 돌아가지 못하고 나무 밑에 주저앉아 홀로 계신 어머니를 생각하며 눈물 흘리던 그 모습을. 건강하던 정조 임금의 갑작스런 승하 소식에 온 백성이 슬퍼하던 그날의 하늘빛을.

나무는 정말 몰랐다. 그 많은 얘기를, 장면들을 가슴에 품고 지금까지 살아 있을 줄을.

봄날의 바람.

바람에 실려온 봄 내음이 살아 있는 것들을 깨운다. 회화나무가 기지개를 켠다. 눈길 닿는 잎마다 연초록의 봄을 입고 있다. 햇살이 그 위에 내려앉는다. 새들도 봄 햇살에 겨워 졸고 있다. 사계四季를 600번씩 지나며 겹겹이 쌓인 나무의 침묵은, 말이 없으나 하지 못한 말이 없는, 이미 완성된 말일 것 같다.

나무인들 마음껏 세상을 떠돌며 자유롭고 싶은 마음이 없었을까. 들리는 소리에 귀 막고, 눈감고 싶은, 울고 싶은 순간들이 왜 없었을까. 새로워짐과 스러짐의 과정을 해마다 거친 나무는 삶에 대해 묻는 사람들에게 당신이란 소중한 존재들이 있어 세상이 이처럼 아름다운 것이라고, 지금까지 살아온 것처럼 살아가면 된다고, 스스로에게 말하듯 그렇게 위로의 말을 건네줄 것 같다.

시인 신용목은 자신의 산문집에서 "나무는 한생을 그 자리에 발자국 하나를 만들며 서 있지만, 그 생이 끝나면 다시 자신의 몸을 녹여 그 발자국을 지운다. 그것이 나무의 생"이라고 했다. 나무가 자신의 발자국마저 지울 때, 사라지지 않고 남은 이야기들은 바람에 흩어져 누군가의 이야기로 다시 태어날 것이다. 어차피 인생은 통과하는 역과 정류장만 다를 뿐 목적지로 가는 여정은 엇비슷할 것이므로.

봄날, 비 내리는 아침.

나무를 내려다본다. 여린 잎에 물방울이 달려 있다.

전날, 남편과의 설전으로 편치 않던 내게서 성급히 달려 나오던 말들이 촉촉해진다. 나와 눈이 마주친 나무가 자신의 서랍 속에 있던 젖은 말을 내게 건네준 걸까. 불씨만 당겨지면 금세 타오를 것처럼 바삭하던 마음이었는데…. 큰소리를 낼 때 아주 잠깐 흔들리던 그의 눈빛이 떠오르고, 내 안에도 순한 파문이 인다.

희뿌연 듯한 뭔가가 나를 흔들어댄다.

연민이었다, 그를 향한.

그것으로 충분했다, 우리의 화해는.

평범한 날은 평범하지 않다

하늘은 먹구름을 잔뜩 머금고 있다. 어제 목격한 장면의 놀라움을 눌러주려는 듯, 내가 보인 반응이 저 잿빛처럼 개운치 않았었다는 것을 알려주려는 듯. 아직도 그 기억은 생생하게 남아 머릿속을 휘젓고 있다.

귀갓길 내가 사는 아파트 단지 안에서 한 아주머니가 한 손에 초록색 스티커(노란 음식물쓰레기 봉투에 붙은 스티커. 이 스티커를 투입구에 터치해 뚜껑이 열려야 음식물쓰레기를 버릴 수 있는 시스템)를 따로 붙인 카드를, 다른 한 손엔 음식물이 담겼을 검정 비닐봉지를 들고 투입구를 향해 걸어가고 있었다. 내 눈은 그녀를 따라갔다.

설마했으나 예상은 적중했다. 아주머니는 카드를 음식물쓰레기 투입구에 터치하고 투입구가 열리자 검정 비닐봉지를 투척했다. 비루한 양심도 함께 던져진 순간. 대낮이었다.

가슴이 떨려왔다. 쫓아가 지금 뭐하시는 거냐고 해야 하나. 아무렇지 않은 표정으로 봉지를 던지던 그녀의 입에서 '당신이 뭔데 간섭이냐'란 말이 나오는 건 아닐까, 이사온 지 얼마 되지도 않았는데 이런 일에 나서는 건 좀 너무한 건가 생각하는 순간도 잠시, 그녀는 내 시야에서 사라지고 없었다.

엊그제 남편과 함께 산책길에 음식물쓰레기를 들고 나왔다. 음식물쓰레기가 들어 있어 봉지가 평평하지 않아서인지 스티커를 투입구에 대봐도 터치가 한번에 되지 않아 여러 차례 시도한 후 어렵게 버렸다. 바닥에 여러 개의 봉지가 있는 걸 보고 남편은 다른 사람들도 우리처럼 이랬었나보다며 투입구가 열려 있는 동안 바닥에 있던 봉지들을 들어 재빨리 집어넣었다. 아예 스티커를 투입구 앞에 비치해두면 이런 수고를 안 해 좋을 것 같다는 내 얘기에 남편은, 그러면 아무 봉지에나 막 넣어서 버리는 사람이 있을지도 모르니 안 될 거라고 했었다.

그녀의 행동은 우리의 예상을 뛰어넘었다. 관리사무소에 전화를 했다. 전화를 받은 직원도 황당한 듯 말을 잇지 못했고, 나 또한 시민의식에 기댈 뿐 CCTV도 없으니 동대표회의 때 안건으로라도 올려 주의를 환기시켜줄 것을 요구할 수밖에 없었다.

그날의 장면이 떠오를 때 생각해본다.

당당했던 그녀가 놓치고 있는 것은 무엇일까. 남들도 그렇게 하는데,라며 동조하게 만들어 합의된 질서에 균열을 내게 하는 일, 스스로를 자발적으로 3등 시민으로 전락시키는 일, 조금은 손해보는 듯 인생을 살아가라는 삶의 지혜를 자녀들과 더는 나눌 수 없게 되는 일….

그 상황에 다시 맞닥뜨렸을 때 나는 어떤 행동을 할 것인가. 최소한 우물쭈물 방관함으로 종료하는 우를 다시는 범하지 않으리. 상부의 명령에 어쩔 수 없어 따랐을 뿐이었다는 유대인 학살의 전범 '아이히만'에게 사유하지 않은 죄를 준엄하게 물었던 한나 아렌트의 '악의 평범성'이 떠오른다. 양심의 벽을 넘은 그녀에게도, 사유했으나 방관했던 내 삶 속에도 악의 평범성은 언제나 깃들 수 있음을 느끼게 해주었던 그날의 장면….

이런저런 물음에 대해 생각하게 했으니 그녀에게 고마워라도 해야 할까.

아직도 하늘엔 먹구름이 짙게 끼어 있다.

할머니의 손

내 마음을 가장 붙든 것은 뜻밖의 장면 속에 있었다.

일정을 모두 마치고 제주공항으로 가기 전, 일행과 함께 동문시장에 들렀다. 제주에 사는 지인의 단골가게로 안내되어 저마다 갈치를 주문하고 기다렸다. 일을 도와주던 이가 자리를 비웠는지 할머니는 혼자 주문을 받고, 생선을 다듬고, 포장했다. 더는 감당할 수 없는 상황이 되자 할머니는 아들에게 전화해달라고 옆 가게의 직원에게 큰소리로 부탁했다. 양손에 고무장갑을 끼고 일을 하기는 불편하셨는지 오른손에만 고무장갑을 끼고 있었다. 생선을 다듬고, 찬물로 씻어내느라 벌겋게 얼고, 허옇게 불은 손. 고단했던 세월의 흔적이 새겨진 듯, 마디마다 울퉁불퉁해진 할머니의 왼손이 눈에 들어왔다.

통증 같은 서러움이 가슴을 스치고 지나갔다.

그냥 서 있기도 추운 날이었다. 할머니의 손에 쏟아지는 찬물은 보고만 있는 내게도 한기를 느끼게 했다. 저 손 위로 어떤 일들이 스쳐 지나갔을까. 몇십 년은 족히 다듬었을 수많은 생선. 그것들을 씻어내기 위해 사용했던 엄청난 양의 찬물을 견뎌내야 했을 테고, 제주의 겨울바람이 젖은 손을 얼게 해도 당신을 바라보고 있는 얼굴들을 차마 외면하지 못했으리라. 흐르는 물속에는 할머니의 젊음에 달라붙었던 외로움도 함께 씻겨나갔을까.

내 마음에 찍힌 '이미지' 너머로 주인공의 일생을 선불리 그려보고 있을 때, 아들이 등장했다. 할머니의 곱지 않은 시선에 아들은 어머니를 힐끗 쳐다보다 이내 고개를 돌린다. 밀려드는 주문에 애타던 노모의 마음을 알아차리지 못한 듯, 머리가 희끗한 아들의 모습이 느긋하다. 할머니의 입안에서만 맴돌았던 말은 '대체 어디 가서 뭘 하다 이제 오냐'였을까. 아들도 하고 싶은 말이 있었을 테지. '잠깐 자리를 비우면 꼭 이렇게 된다니까요.'

시간이 흐른 뒤에 아들은 알게 될까.

그때 어머니에게 좀 더 빨리 달려갔더라면, 어머니의 마음의 주름을 펴는 한순간이 될 수도 있었다는 것을. 어머니가 그 젖은 손을 가슴에 품고 사노라면, 겨울바람이 유난히 더 시리게 느껴질 수 있었다는 것을….

할머니의 칼 잡은 손을 계속 바라보다 해마다 겨울이면 익숙했던 엄마의 모습이 떠올랐다. 백 포기의 김장 속에 넣을 무채를 썰고, 설이면 한 '다라이'나 되는 가래떡을 썰던…. 엄마가 하얗게 밤을 새워 떡을 썰고 있을 때 나는 거드는 시늉을 하다 분명히 잤을 테고, 무채를 썰고 있을 때는 칼 소리가 시끄럽다며 불평이나 해댔을지도 모르겠는데, 엄마는 마치 아무 말도 못들은 사람처럼 계속 무를 잘랐으리라.

무는 그저 무일 뿐이지만 잘린 무와 무 사이에는 엄마의 잃어버린 시간과 꿈이, 사랑이, 슬픔이 켜켜이 스며들었을 것이었다. 잘 버무려진 김장 속이 되어 내 안으로 들어왔을 엄마의 사랑과 꿈은, 내 삶을 감싸주고 희망을 품게 해 때론 나를 들어올리고 때론 내 등을 밀며 앞으로 나아가게 했을 것이다.

내가 자식이었을 때 나를 채운 팔 할은 철없음과 망각이었다. 엄마를 둘러싼 상황을 헤아리지 못했거나 결코 잊어서는 안 되는 '언 손'이 있었음에도 늘 잊고 지냈다. 그러다 자식을 낳고 자식이라는 그 거울에 내가 비춰짐으로써 비로소 깨닫고 기억하게 되었으니, 대를 이어 흘러가는 이 덧없음을 어찌하면 좋을는지….

지금은 또렷이 기억하고 있으나 나는 또 잊어버릴 텐데, 할머니의 젖은 손을 카메라에 담아두지 않은 걸 후회하고 있다. 지나가 버린 시간은 되돌릴 수 없다는 것을 이젠 알고 있기에.

아찔한 오후

낯선 남자가 12층 버튼을 누른다. 조심스레 저희 아래층에 사시는 분이냐고 물었다. 핸드폰을 보다 고개를 반만 돌린 채 못마땅하다는 표정으로 퉁명스레 "그런데, 왜요"한다. 순간, 당황했으나 "담배 냄새가 올라와서 많이 힘들어서요" 했다. 그가 "담배?" 한다. 둘만 있는 공간이어서 두렵기도 했고 더이상 대화를 이어갈 수 없는 사람이구나 싶었다. 곧 엘리베이터의 문이 열리고, 남자가 내렸다.

담배 냄새를 견디며 산 지 3년여. 창을 열 때마다 긴장한다. 언제 역한 냄새가 날지 알 수 없으므로. 그간 편지로 읍소하고, 힘들어하는 이웃이 있음을 제3자를 통해 여러 차례 알려보아도 '담배 피우는 사람이 없다'는 답을 건네들을 뿐, 달라진 건 없다. 담배 연기에 내 삶이 조종당하는 느낌마저 든다. 아랫집의 흡연자들은 어머니와 함께 사는 사오십대의 남매이다.

사람들 왕래가 빈번한 길 한복판에서 어느 날엔가 여자가 담배를 피우고 있다. 인터폰을 한 관리사무소 직원에게 자기 집엔 담배 피우는 사람이 없다는 답을 했다던, 아래층 여자다. 나와 눈이 마주쳤다. 담배를 얼른 뒤로 감춘다. "담배, 피우시네요." 그녀를 지나치며 내가 말했다.

며칠 후 1층 엘리베이터 앞에 아래층 여자가 서 있다. 찌든 담배 냄새가 훅 끼쳐온다. 나를 보고도 못본 체한다. 그럼에도 인사를 건넨다. 반응이 없다.

스쳐가는 그녀를 보며, 나는 상상한다. 만약 아래층 남매가 내 꿈에 등장한다면….

많은 연기를 뿜어냄으로써 혁혁한 공로를 인정받은 그들은 흡연가들의 로망인 '담배나라'로 초대된다. 둘 다 '이런 일이 내게도' 하는 흥분된 표정이다. 언제 어디서든 무제한의 담배가 허용됨은 물론, 겨울에 초대받은 그들은 충전물로 담배를 넣고 만든 '담배나라' 최고급의 패딩을 선물로 받았다. 모든 음식 또한 오직 담배의, 담배에 의한, 담배를 위한 재료만 사용할 뿐 다른 어떤 것도 첨가하지 않는다. 초대받은 자들을 위한 최상의 예우였다.

'담배나라'로 날아오는 동안에도 하늘의 별마다 매달

려 있던 담배들에 손을 뻗어 한시도 쉬지 않고 미친 듯 연기를 뿜어댔다. 어지러워 핑핑 돌았으나 개의치 않았다. 담배 냄새를 진하게 풍길수록 열렬한 환영을 받으니 언제, 또 이런, 꿈에도 잊지 못할 경험을 하겠는가 싶어…. 그러나 담배맛 외에는 그 어떤 것도 맛볼 수 없던 일주일이 지나고, 마침내 그녀가 외쳤다. "김치찌개에 밥 좀 먹게 해주세요. 그럴 수 있다면 담배는 평생 입에 대지도 않을게요, 제발, 제발요." "저도요, 저도 그럴게요."

남자의 목소리에도 간절함이 배어 있다.

아, 하지만 아직 김치찌개를 먹게 해주거나, 집으로 돌려보내고 싶지 않다. 더 지독한 곳으로 저들을 보내고 싶다. 나의 복수심은 브레이크 없는 기차처럼 끝을 모르고 달려간다. 보낼 곳이 떠올랐다. 바로 그곳이었다.

저 멀리 베르길리우스와 단테가 서 있고, 그 옆에 내가 보인다.

"이곳이 지옥의 제삼 영역일세."

단테가 내게 속삭인다.

끝도 없이 내리는 차가운 빗속, 어두컴컴한 진흙탕의 대지에 역겨운 냄새가 진동한다.

"게걸스럽게 음식을 탐한 자들이 떨어지는 지옥이라네. 입 하나로 만족할 수 없어 세 개의 입으로 닥치는 대로 먹어치우는 저 케르베로스의 먹이가 되는 거지."

나는 조심스레 주위를 둘러본다. 죄인들은 케르베로스의 발톱을 피해, 추위를 피해 얼굴을 가슴속에 묻고 있어 알아볼 수가 없다. 그때, 큰 바위 밑에 웅크리고 앉아 있던, 낯익은 남녀가 거침없이 일어선다. 움직임을 감지한 케르베로스가 부르르 몸을 떤다. 일순간, 정적이 흐른다. 다음 먹잇감을 고른 것일까.

상상이 좀 심했나 하는 생각을 하다 얼마 전에 읽은 책의 내용을 떠올렸다.

북극의 툰드라지대를 여행했던 이들의 모험담을 그린 존 버거의 『스모크』. 네 명의 동료와 썰매를 끄는 맬러뮤트 개들. 그들은 여행을 하는 동안 혹독한 추위가 오는 밤이면 모여앉아 서로의 온기를 나눴다. 역사에 대한 감각을 잃어가며 온 세상에 개와 얼음밖에 없는 것이 아닐까 하는 의구심이 들던 어느 날, 툰드라의 먼 지평선에서 연기가 올라가는 광경을 목격하고 이내 활기를 되찾았다. 사람이 있다는 신호였기에….

아래층에서 또 담배 냄새가 올라온다. 아, '아름다운 연기'는 책 얘기일 뿐인가. 정화됐던 마음이 다시 헝클어진다. '아름다운 연기'가 아닌, 여기 사람 있음을 없음으로 여기는 신호에, 활기는커녕 미간의 주름이 되살아난다. 케르베로스가 듣도록 큰소리로 '방금 일어선 저 자들이 당신이 찾던 중독자들'이라고 외쳐나 볼 걸, 모진 상상을 한다. 그러다 갑자기 든 생각. 담배 냄새로 인한 이 끝을 알 수 없는 불쾌한 반복은 피할 수 없는 것인가, 이것은 시시포스의 형벌과 같은 것인가. 그렇다면 형벌을 받고 있는 것은 그들인가, 나인가.

생각만으로도 아찔해지는 오후다.

살아가라, 눈부실 날들이여

파도의 일렁임도 깊은 바닷속을 뒤집지는 못했다. 속을 알 수 없어 애태우기는 저나 나나 마찬가지였다. 제주 김녕의 바다여서였을까. 침묵하던 그 바다가 말을 걸어왔다.

성곡미술관 앞을 지날 때였다. 그녀가 불쑥 자신의 얘기를 했다. "언젠가 아들이 그러는 거에요. 냉기가 흐르는 이 집에서 살면서 나는 뿌리가 없이 둥둥 떠다니는 것 같았다고." 30대가 된 그녀의 아들이 예전에 자신이 그랬었노라고, 방황을 끝내고 돌아와 엄마에게 어렵게 한 말이었다.

돌, 무거운 돌이 내 가슴에도 얹혔다.

중학생 아들에게 전해지던 그 냉기는 내게도 익숙한 것이었다. 뿌리가 없이 떠다니는 것 같아 스스로 서 있기 힘들었을 때 마음속의 슬픔을 키우며 나를 옥죄었던 것, 그것은 집안을 감싸고 있던 냉기였다.

가혹할 정도로 그녀를 괴롭혔던 시어머니, 그런 어머니 쪽에 더 다가서 있던 남편. 아내를 이해하지 못하고, 힘듦을 내색하면 받아주지 않았던 남편과의 관계가 원만하지 않았다. 늘 긴장하고 감정을 억압한 채 살아야 했다. 기진맥진해 웃음기 사라진 엄마의 기분을 살피고, 냉랭한 부모의 관계를 느끼며 아이들의 불안과 두려움은 커져갔으리라. 편안한 집안 분위기가 언제 다시 냉기가 흐르는 곳으로 급변할지 몰랐기에….

무심하게 툭, 던질 얘기는 아니었으나 더는 마음에 담고 있기 힘든 모양이었다. 무표정한 그녀의 얼굴에서 가끔 서늘함이 느껴질 때면 마음이 쓰였다. 어디라도 앉아 얘기를 들어주어야만 할 것 같았다. 하지만 근처 유명한 카페는 이미 빈자리가 없었고, 일행은 멀찌감치 앞서가고 있었다. 무리하게 자신의 입장을 고수하는 일이 없는 그녀는 그날 더 이상 자신의 얘기를 내어놓지 못했다.

그런 그녀와 여행을 떠났다, 아름다운 5월의 제주로.

창가에 앉아 물끄러미 녹색 바다를 바라본다. 여행 이튿날 아침 일찍 찾은 함덕 바닷가 카페. 아무것도 없는 듯 보이는 저 바다의 무無가, 보이는 것만이 전부가 아니라는 듯 그득함을 건네준다. '문득 공空의 자리에 충만이 들어앉는다'

는 장 그르니에의 절묘한 말이 이 느낌이었을까 싶다.

진동벨이 울렸다. 그녀가 벌써 걸음을 옮기고 있다. 통창으로 보이는 바다와 더할 나위 없는 커피, 갓 구운 크로아상 향기가 부추겼을까. 긴 얘기 보따리가 풀렸다. 안에 웅크리고 있던 해결되지 않은 감정들이 앞다투어 나오는 동안 함께 울고, 서로의 편이 되어주었다. 시어머니에게 당하기만 하던, 남편이 내 방패막이 되어주기를 원하던, 내 삶의 경계를 넘나드는 이들을 막아내지 못하던 과거의 나는, 오늘로 저 바다로 떠나보내자고. 적어도 내 불행을 내가 불러오는, 상처를 혼자서만 가슴속에 묻어버리는 일은 더이상 하지 말자고 약속했다. 내 삶의 주인은 내가 될 것이라고 말하는 그녀와 나의 눈빛을, 바다가 보았다. 함덕에서의 이 시간을 잊지 말자고 하는 우리의 모습 또한.

김녕 바다를 바라보는 시간, 자연과 접속하는 그 시간을 통해 나는 느낄 수 있었다. 내 안의 소란도 어느새 잠잠해지고 가슴속엔 희망의 빛이 번져가고 있음을….

깊은 내면의 바다에서 소리가 들려왔다.

'멈추어라, 고통의 순간이여. 살아가라, 눈부실 날들이여.'

환상처럼 한 장면을 떠올린다. 1월의 어느 날, 지구 반대편의 어떤 이가 바닷가에 앉아 있고 불현듯 "조용히 네 안의 소리에 귀 기울여봐" 하는 소리를 듣는다. 바다가 말을 걸어 온 순간이었다. 내가 그랬듯, 그의 마음도 젖어들기를….

김녕의 바다에서 나는 몇 년 전 함덕의 그 파도 소리를 함께 들었다.

■ 해설

존재의 심연에서 빛으로

한혜경/수필가, 문학평론가, 명지전문대 교수

프롤로그

김경혜의 수필은 독자를 심연 저 아래로 한없이 가라앉힌다.

영혼의 무게를 생각하고, 빈 마음을 들여다보며, 마음 한 켠의 불안을 응시하며 외로운 상상을 하는 작가를 따라가노라면, 깊디깊은 심해 밑바닥에 다다라 있음을 발견하게 된다. 그곳에서 그동안 외면해왔던 자신의 민낯을 만난다.

'영혼, 고요, 상상', '문득, 순간, 한때', '물들다, 기다리다, 만나다', '평범한, 아찔한, 눈부신' 네 개의 장으로 나뉘어 전개되고 있는 『발칙하고도 외로운 상상』은 불안과 외로움을 응시하며 불확실한 세상에서 회의하다가 결국 그 끝에서 자신의 내면을 마주한다.

1. 불안을 응시하다

불안은 '현대의 야망의 하녀'라는 표현이 있을 정도로[1] 인정욕구와 욕망이 넘치는 현대사회에 만연한 현상이다. 김경혜의 글에서도 불안은 빛무리처럼 작가를 둘러싸고 있다. 그런데 야망이 채워지지 않아서 비롯되는 것이 아니라, 외로움과 두려움에서 비롯된다.

운전하다가 주유 경고등이 켜질 때(「길 위의 배」), 길을 찾지 못할 때(「길치인생」), 병증의 치료 시기를 놓친 것 같을 때(「설마와 어쩌면 사이」), 젊은 날 삶의 방향을 잡지 못하고 모든 게 불확실할 때(「시그널」) 등, 일상에서 흔히 마주치는 불안을 그는 예민하게 감지한다. 그리고 골똘히 응시함으로써 삶을 돌아본다.

「길 위의 배」는 "주유하십시오." 자동차 계기판에 뜬 경고를 삶에서 맞닥뜨리는 경고의 은유로 확장시킨 글이다. 길은 막히고 도착지까지 멀었는데 주유 경고등이 뜬 당혹스러운 상황은 '내가 어찌할 수 없는 상황'으로 무력감을 증폭시킨다. 이는 '길 위에 서 있는 배'와 같다는 자각과 "인생의 길목마다 내가 만났던 혹은 만날 일들과 닮아 있다"는 생각으로 이어진다. 그리고 그때마다 "다가올 장면을 받아들이지

1) 알랭 드 보통의 표현이다. 알랭 드 보통(정영목 역), 『불안』(이레, 2005)

도 뿌리치지도 못하고" 주춤거렸음을 떠올린다.

오래된 친구처럼 "늘 함께"한 이 '익숙한 불안'은 어디에서 시작되었을까. 그 근원을 찾아 거슬러올라가면 어린 시절을 만난다. "사랑에 목말라하며 주눅든 어린 나"(「밤의 창문」), "사람은 누구나 다 실수하는 것이라며 다독여주는 손길을 그리워했던"(「아주 잠깐 고요함에 이르다」) 내가 있다. 그 아이의 뒤에는 가부장적 아버지와 "아는 게 없고 딸만 낳은 죄인"이라며 한없이 스스로를 낮추던 엄마,[2)] 엄마와 딸 다섯이 "숨죽이며" 살던, "불안과 슬픔의 배턴 터치가 일상화된 시공간"(「바람에 들춰진 말」)이 있다.

꽤나 미남이셨던 아버지는 여름에 집에 계실 때면 빳빳하게 풀을 먹여 다린 인견옷으로 치장하고, 머리카락 한 올 내려오지 않도록 포마드로 깔끔하게 머리를 손질했다. 외양이 말해주듯 계획한 대로 일처리 하기를 원했고 규모 없이 사는 삶을 못 견뎌하셨다. 당신의 말씀이 곧 법이었으니 의견을 묻거나 대화를 시도하는 일은 없

2) 엄마는 가부장제에 순응한 여성의 전형적 삶을 보여준다. "딸만 낳은 죄인이라 조상을 뵐 면목이 없다"(「홍시 냄새」)며 아버지 곁에 묻히기를 거부할 정도이다. 자신을 꾸미기 위해 돈을 쓰거나 뭔가 욕심난다는 얘기를 한 적도 없다. "있는 그대로의 모습"(「바람에 들춰진 말」)이 억압된 채 아버지로부터 답답하다는 소리를 들으며 숨죽여 살았던 것으로 보인다. 엄마 생일날 이모와 외숙모를 초대해 음식을 차리며 행복해 보이던 모습(「가을로 가는 또 하나의 문」)은 부엌에 쪼그리고 앉아 울고 있는 뒷모습과 극명하게 대조되어 가슴 아프게 한다.

었다. 영문학자가 되는 것이 꿈이었던 내게, 아버지는 의대나 약대를 가라며 이과를 선택하도록 했다.

—「홍시 냄새」

자식의 진로며 다섯 딸의 옷이며 머리 모양까지 정해주던 아버지가 큰소리를 내면 여자들은 긴장하고 불안해했다. 부당한 처사에 저항하는 제스처가 전혀 나타나지 않고, 심지어 엄마의 슬픔을 바라보면서도 "아무 말 못하고 저만치 서 있"을 뿐이고, 아버지의 시선으로 엄마를 바라본 점들(「바람에 들춰진 말」)은 아버지의 권위가 대단했음을 짐작하게 한다.

이와 대조적으로 엄마는 "오롯이 혼자 견뎌낼 수밖에 없던 삶의 파도"(「가을로 가는 또 하나의 문」)를 헤쳐나가느라 스스로의 삶이 버거웠다. 그에 따라 자식들의 마음까지 살펴줄 여력이 없었을 것이므로, 작가의 '정서적 허기'는 이런 가족 상황에서 시작된다. 거기에 딸이라는 사실 때문에 받은 억울함이 더해진다. "저게 하나 달고 나왔더라면…" "엄마의 가장 큰 칭찬"이었던 이 말은 "부적절하고" "억울하게 했던" 것 이상으로 결핍감과 불완전하다는 의식을 일찌감치 심어주었을 것이다.

그리하여 작가는 자신의 삶을 이해하고 권리를 주장할 기회가 전혀 허용되지 않는 삶을 살아왔다고 하겠다. 정서적 허기와 한기, 외로움에 더해 자존감이 바닥인 시간을 지나온 것이다. "배가 부른 듯해도 속은 늘 허전했고 마음을 휘감는 한기에는 속수무책"이었으며 '정서적 허기'가 작가의 삶을 "붙들고 늘어졌다"(「아주 잠깐 고요함에 이르다」). 사랑할 때조차 외로움을 느끼므로(「발칙하고도 외로운 상상」), 불안 못지않게 외로움은 작가 삶의 한 축을 형성한다.

아울러 "내가 뭔가 부족한 사람인 것 같은 불안감"과 "내 생각이 맞아도 내가 제대로 행동하고 있는 것임에도 스스로 믿기 힘들었"(「아주 잠깐 고요함에 이르다」)을 정도의 자괴감이 강했다고 할 수 있다. "괜찮은 사람"(「납작해진 영혼을 부풀리다」)임에도 결핍에 초점을 맞추며 "내게 응원받지 못한 나"(「별빛으로 물들다」)[3]로 살아온 것이다.

2. 불확실한 세계에서 회의하다

김경혜의 불안은 심리적 성향으로만 간주해서는 안 된다. 세상을 바라보는 작가의 시선과 태도를 짐작하게 하는 요인이기 때문이다.

"이게 맞는 걸까" "이게 정말 다일까"(「길치 인생」) 작가가 수시로 떠올리는 이 의문은 일차적으로는 '길치'로서 가는

---

3) 불안에서 벗어나고자 한 노력으로 책 읽기가 있다. 상담심리학 공부로 자신과 부모를 이해하고 삶의 태도를 바꾸려 노력하고 관계 변화도 시도한다.(「납작해진 영혼을 부풀리다」)

길이 맞는지 확신하지 못하는 데서 기인한다. 하지만 좀 더 근원적으로는 "안다는 것은 무엇일까"(「빛을 기다리며」), 앎에 대한 회의적 세계관에 기반하고 있다.

이는 "내가 알고 있는 것이 무엇인가?" 몽테뉴식 '방법적 회의주의'를 연상케 한다. 내가 알고 있다고 생각하는 것을 먼저 의심해보는 것, 내가 알고 있는 지식이란 현재 완결된 것이 아니라 앞으로 지속적으로 탐구될, 곧 미정형의 지식임을 전제한 행위이다. 아울러 내가 안다고 생각하는 것이 일면에 불과할 수 있으며, 100% 안다고 확신할 수 없다는 점에서, 절대적 진리에 대한 회의도 읽을 수 있다.[4]

'안다는 것은 무엇일까'를 사진 주제로 삼게 된 사연을 토로하는 글을 보자.

> 그녀가 농담처럼 던진 한마디에 마음이 상하는 나에 대해, 어떤 대상에 대해 안다는 것은 무엇일까를 생각하게 되었다. 20년이면 짧은 시간이 아닌데, 그녀에 대해 나는 뭘 얼마나 알고 있으며 내가 알고 있는 것으로 과연 그녀를 잘 안다고 할 수 있을까. 나에 대해 아는 사람이라면 내 두려움을 농담의 대상으로 삼아서는 안 된다는

4) 언제나 옳고 절대적인 진리나 진실이 존재하는가에 회의적인 태도는 상대주의적 시각과 연관된다. 이런 측면에서 중심과 절대성을 의심하는 포스트모더니즘적 사고를 엿볼 수 있다.

나의 생각은 맞는 걸까.

—「빛을 기다리며」

농담처럼 던진 '그녀'의 말에서 마음 상했던 일을 회상하면서, '안다는 것'에 대해 사유한다. 누군가를 안다고 할 때, 그의 성향을 알아야 '안다'고 할 수 있지 않을까, 어떤 부분을 좋아하고 싫어하는지 알아야 하는 게 아닐까, 그렇다면 마음이 상할 말을 하는 것은 상대를 모르는 것 아닐까, 의문을 품으며, 자신의 태도도 점검한다. "그녀에 대해 나는 뭘 얼마나 알고 있으며 내가 알고 있는 것으로 과연 그녀를 잘 안다고 할 수 있을까." "답이 쉬 나올 리 없는 질문"이 꼬리를 물고 이어진다.[5)]

안다는 것에 의문을 제기하는 작가의 태도는 길치 성향으로 인해 더욱 강화된다. 길을 가면서 잘 가고 있는지 확신하지 못하고 "이게 맞는 걸까" "이게 정말 다일까" 끊임없이 의심한다. 이렇게 볼 때 쉽게 길을 잃거나 길을 찾지 못하는 길치는 생의 유동성, 불확실성을 몸으로 체화한 자라고 할 수 있다. 어디로 가야 할지, 어느 방향이 옳은 방향인지 가

---

5)이 글은 "뾰족뾰족한 내 모습"을 반성하며 "인내와 겸손으로 다듬어질" 삶을 기대하며 마무리되지만, 앎에 대한 회의적 사고를 잘 보여준다. 이 글과 비슷하게 얼핏 교만을 반성하는 내용 같지만 기저에 회의적 시각을 깔고 있는 특성은「한때 당신의 그림자를 사랑했습니다」에서도 나타난다.

늠하지 못하는 것이니, 우리 삶의 속성이 흔들림과 불확실함에 기반해 있음을 온몸으로 보여주는 셈이다.

그러므로 작가에게 이 세상은 "나침반이 소용없는"(「길 위의 배」) 당혹스러운 항로와도 같다. 언제나, "모두 다 맞는 일은 일어나지 않으며"(「반은 맞고 반은 틀리다」) 고요함에 이른다 해도 "아주 잠깐"(「아주 잠깐 고요함에 이르다」)일 뿐이다. 그나마 바로 의문을 제기한다. 또 보란 듯이 자신의 존재를 드러내지 않고 "슬그머니"(「물끄러미, 슬그머니」) 나타나고, 세상의 일은 필연적으로 일어나는 것이 아니라, "어쩌면"(「어쩌면 생겨날 일들」) 일어날 수 있는 것이다. 이런 세상에서 "영원히"란 불가능한 단어로 "한때"에만 해당하며, "당신"의 전 존재가 아니라 "당신의 그림자"(「한때 당신의 그림자를 사랑했습니다」)를 사랑한다. 그리고 "설마"와 "어쩌면"(「설마와 어쩌면 사이」) 사이에서 주춤거린다.

이러한 삶의 태도는 꼬리에 꼬리를 물며 끝없이 이어지는 생각들과 의문문들에서 잘 나타난다.[6] 쉽게 결론과 답을 낼

---

6) 남편과의 결혼생활을 돌아보는 글에서 "그녀가 고른 것은 명주였을까 삼베였을까."(「반은 맞고 반은 틀리다」)
수면내시경 검사를 받을 때, 마취되어 "잠든 시간에 내 무의식은 존재의 심연을 떠돌며 내게 무슨 말을 건넸을까."(「밴드 번호 28번」)
손자의 배밀이를 보며 "생략된 내 삶의 배밀이는 어떤 것이었을까." "세월이 약이 되었을까" "어렴풋 하게나마 알게 된 걸까."(「아주 잠깐 고요함에 이르다」)
"나는 왜 건너편 아파트의 불 켜진 창들을 바라보고 있을까" "밤은 불안을 숙성시키는 걸까."(「밤의 창문」)
"길치인 나는 길만 몰랐던 걸까" "생치로 살아온 것은 아닐까."(「길치 인생」)
김경혜의 글에서 자주 발견되는 이 물음들은 "잊고 지냈던 질문들"(「산 그림자도 외로

수 없기 때문에 나타나는 양상인데, 사실 그다지 답을 원하지도 않는다. 의문문의 형태를 지니고 있지만 명확한 답을 기대하는 질문이 아닌 것이다. 자신의 생각을 제시하고 사유를 더 확장하기 위한 출발이라 하겠다.

그리하여 우리 삶이란 확정할 수 없으므로 여전히 진행 중이며, 이 유동의 세계에서 우리가 할 수 있는 것은 불안과 의문을 안은 채 길을 가는 것이다. 이게 맞는 걸까 계속 물으며. 결과적으로 김경혜의 글은 "어쩌면" "아닐까" "모른다"(「설마와 어쩌면 사이」)를 중얼거리며, 쉽게 결정하지 못하고 결론을 유보하고 주저하고 주춤거리고 일렁이고(「아주 잠깐 고요함에 이르다」) 흔들리는 마음을 찬찬히 짚어낸 결과물이라고 할 수 있다.

3. 닫힌 창을 열다

표현하는 방식이 다르지만, 글쓰기와 사진작업은 "자신의 내면과 끊임없이 대면케 한다"는 점에서 공통적이다. 사진을 찍는 일은 피사체를 카메라 렌즈로 재현하는 것이 아니라, 자신의 마음의 눈으로 표현해야 하는 일이므로, 끊임없이 자신을 성찰하지 않고서는 진실에 다가가기 어렵다.

워서」)이며 '누구도 명확히 답할 수 없는 것들'이다.

글쓰기도 마찬가지이다. 주변의 풍경이든 사람이든, 어떤 대상이든지 눈에 들어오는 것을 보고(선택하고) 그것을 글로 표현한다. 대상이 거기 있어서 사진을 찍고 글을 쓰는 것이 아니라, "내 생각과 감정을 표현하기 위해 대상을 선택하는 것"이므로 궁극적으로 자신의 내면에 가닿는다.

카메라로 피사체를 들여다볼 때면 모든 감각이 그 대상에만 머문다. 마음이 이끄는 대로 이끌리다 덜어낼 것을 덜어내고 나면, 가끔은 비었으나 충만함이 느껴질 때도 있다. 렌즈 속에서 빛과 접촉한 대상은 나를 통과하며 재해석된다.

—「빛을 기다리며」

나는 왜 건너편 아파트의 불 켜진 창들을 바라보고 있을까. 닫혀 있는 밤의 창을 바라보며 어쩌면 내 안의 닫힌 창을 열고 싶은 것은 아닐까 싶다. 카메라에 포착하듯, 내 상황을, 나의 내면을 알아채고 싶은지도 모르겠다.

—「밤의 창문」

제목을 보는 순간, 멈춰 섰다. '한때 당신의 그림자를 사랑했습니다.' (중략) 그림에 그려 넣었을지도 모를 '당신'에 대한 사랑의 단서를 찾아내기라도 하듯, 그림 앞에 한참을 서 있었다. (중략) 그녀의 고백 또한 나처럼 혼자 떠나보낸 사람만이 할 수 있는 헛헛한 고백이었던 걸까. (중략) 무엇이건 사랑했던 대상을 향해 사랑이 멈추었음을 의미하는 그 문장엔 쓸쓸함과 함께 대상으로부터 벗어난 자유로움이 느껴졌다면 지나친 비약일까. (중략) 만질 수도 품을 수도 없는 그림자를 사랑했던 그 사랑 안에 가득 고여 있던 것은 아득한 고독이었을지도.

—「한때 당신의 그림자를 사랑했습니다」

완고하고 통제적이었던 아버지의 자식 사랑도 딸들이 원치 않는 방식이었지만, 사랑이었을까. (중략) 아버지가 부르면 서로 미루고 가지 않으려 했을 때 아버지의 분노는 외로움이었고, 자신을 표현하지 못해 답답함을 주었던 어머니의 말없음은 고통의 또 다른 이름이었음을 이제야 알 것 같다.

—「홍시 냄새」

첫 번째 글은 사진작업에 대한 글인데, 글쓰기 과정에도 해당되는 내용이다. 어떤 대상을 선택한 후 그 대상에 모든 감각을 집중한다. 마음이 이끄는 대로 덜어낼 것을 덜어낸다. 이 과정에서 대상은 작가를 통과하며 재해석된다. 이때 작가가 바라보는 대상은 작가가 알고 믿고 있는 것, 겪은 일 등에 의해 결정된다.

밤에 건너편 아파트의 닫힌 창을 응시하는 것은 내 안의 닫힌 창을 열고 싶은 심정의 무의식적 반영이다. 세 번째 글에서 최욱경의 여러 그림 중. '한때 당신의 그림자를 사랑했습니다'란 그림 제목의 문구에 끌리는 것은 "혼자 떠나보낸" 경험이 작용한 결과였을 것이다. 그리고 그 문장에서 감지하는 '쓸쓸함'과 '자유로움', '아득한 고독'은 이미 작가 내면 한구석에 깃들어 있는 것이다.[7]

그리고 그 끝에서 자신의 근원인 부모와 조우한다. 어린 시절엔 깨달을 수 없던 것을 시간이 한참 지난 뒤 발견함으로써, 이제야 보이는 부모의 모습을 만나는 것이다.

이 과정은 기다림을 배우게 하고 삶의 촉수를 예민하게 벼린다. 자신을 포함해 주변이 "다르게" 보이는 변화와 '증폭된 삶에의 관심'을 이끌어낸다. 그 결과 "작은 꽃의 화사함에 설레고, 주위 사람들의 비언어적 메시지에 집중하고, 매일 조금씩 가을로 채색되는 관악산의 모습에도 뭉클"(「밀어」)하게 된다.

---

7) 이 작품에 대한 평은 한혜경「작가의 시선과 글쓰기」『계간수필』2024 여름호 참조

에필로그

김경혜는 살면서 흔히 겪는 어리석음을 섬세하게 응시하며 내면의 불안과 외로움을 대면한다. 불확실한 세상에서 함부로 단정짓지 않으며 자신과 주변의 상황을 하나하나 짚어가면서 스스로 빛나고 있는 자신을 발견하기까지의 여정은 감동적이다.

"길 위의 배"에서 주춤거리고 소슬하던 날들은 이제 "눈부실 날들"로 날아오른다. 깊은 심연에 가라앉아 있던 영혼이 수면 위로 눈부시게 솟아오른다.

"멈추어라, 고통의 순간이여. 살아가라, 눈부실 날들이여."(「살아가라, 눈부실 날들이여」)

불안과 외로움, 결핍의 시간을 지나 "내 안의 소란도 어느새 잠잠해지고 가슴 속에 희망의 빛이 번져가고 있음을" 깨닫는 지점에 도달한 이의 "황홀한 순간", 아름답다고 할밖에!

김경혜 수필집
발칙하고도 외로운 상상

지은이_ 김경혜
펴낸이_ 조현석
펴낸곳_ 북인
디자인_ 푸른영토

1판 1쇄_ 2024년 09월 10일

출판등록번호_ 313-2004-000111
주소_ 121-838 서울 마포구 서교동 460-34, 501호
전화_ 02-323-7767
팩스_ 02-323-7845

ISBN 979-11-6512-094-8 03810

책값은 뒤표지에 있습니다.
저자와 협의 아래 인지를 생략합니다.